Das Buch

Außer Markus sind an diesem Freitagnachmittag wieder mal nur Idioten auf der Autobahn unterwegs: Rentner, Weiber, Fahranfänger und ähnliches Gesocks, das ihm den Weg versperrt und seinen Arbeitstag vermiest. Ähnlich sehen das allerdings auch Helmut, Tom, Julia und die vielen anderen, die ebenfalls gute Gründe haben, die Ersten auf der Strecke sein zu wollen. Doch mitten im ganz normalen Autofahrer-Wahnsinn passiert etwas Unvorhergesehenes...

Die Autorin

Katharina Lankers ist eigentlich Mathematikerin von Beruf. Doch wenn sie nicht gerade mit Daten und Formeln jongliert oder komplexen Zusammenhängen in der Industriefertigung auf den Grund geht, schreibt sie leidenschaftlich gerne. Dabei faszinieren und inspirieren sie immer wieder gerade die kleinen Besonderheiten des Alltäglichen. Den vorliegenden Kurzroman hat sie sich während der vielen Stunden ausgedacht, die sie neben einem ausdauernd und inbrünstig fluchenden Autofahrer verbringen durfte.

Der Debütroman der Autorin mit dem Titel „Der Himmel über München" erschien 2015 im FeuerWerke Verlag. Katharina Lankers lebt, arbeitet und schreibt in ihrer Wahlheimat Rheinhessen.

Mehr Infos gibt es auf www.facebook.com/katharina.lankers und www.katharina-lankers.de

Hessens Highway Sixty-Six

Ein Straßendrama zum Mitfiebern

von

Katharina Lankers

Deutsche Originalausgabe, 1. Auflage 2018

© 2018 Katharina Lankers

Illustration und Covergestaltung: Katharina Lankers
Lektorat und Korrektorat: Anke Unger

Herstellung und Verlag: BoD – Books on Demand, Norderstedt
ISBN: 978-3-7460-9611-7
Printed in Europe

*Bibliografische Information der Deutschen Nationalbibliothek:
Die Deutsche Nationalbibliothek verzeichnet diese Publikation in der Deutschen Nationalbibliografie; detaillierte bibliografische Daten sind im Internet
über http://dnb.d-nb.de abrufbar.*

Für alle emotionsgeladenen Autofahrer,
ganz besonders für C.

A66 Frankfurt → Wiesbaden

... an einem Freitagnachmittag Ende September...

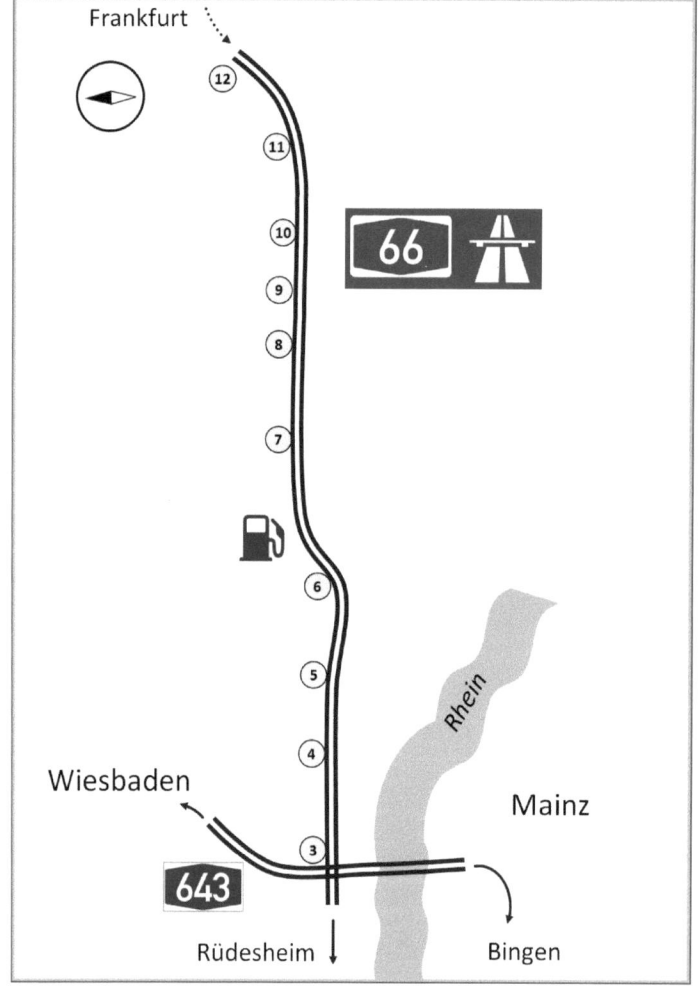

Kilometer 12,8

(Ausfahrt 12, Hattersheim)

Was für ein Scheißtag! Markus gab Gas und wechselte von der Beschleunigungsspur nach links, ohne den Blinker zu setzen. Von hinten ertönte ein heftiges Hupen.

„Ja ja, ist ja schon gut!", brummte Markus, „Stell dich nicht so an, du Penner!" Im Rückspiegel sah er den Fahrer hinter sich aufgebracht herumfuchteln. Ein Transporter – der sollte sich nicht so haben. Hatte es bestimmt nicht so eilig wie er.

15 Uhr 13 zeigte die Uhr auf dem Display. Wenn er es bis 16:00 Uhr nach Wiesbaden zur Gemeinschaftspraxis in der Äppelallee schaffte, war dieser Freitag vielleicht doch noch zu retten. Gerade mal fünf Arztbesuche waren heute bisher drin gewesen – drei weniger als die tägliche Sollvorgabe. Und das, obwohl er kreuz und quer durch Frankfurt und Umgebung gegurkt war! Volle Wartezimmer, Urlaub, Fortbildung, Krankheit oder einfach nur unfreundliche Ärzte, die keinen Bock auf ein Beratungsgespräch hatten: So wie diese Woche gelaufen war, rückte seine Quartalsprämie mal wieder in weite Ferne. Markus griff zu seinem iPad auf dem Beifahrersitz und versuchte, die Seite mit der Ärzteliste aufzurufen, während er aus dem Augenwinkel die Straße im Auge behielt. Vielleicht hatte er ja doch noch eine Praxis übersehen, die er hätte aufsuchen können?

Er zuckte zusammen, als direkt neben ihm wieder ein durchdringendes Hupen ertönte. Eine Zehntelschrecksekunde lang fühlte er eine bodenlose Leere im Bauch, bis er realisiert hatte, dass nichts passiert war und sein Herz wieder weiter schlug. Der Transporter war neben ihm und versuchte ihn offenbar zu überholen. Sein Fahrer, so ein klobiger Rentnertyp, machte ein grimmiges Gesicht und hob die Hand mit ausgestrecktem Mittelfinger. Was für ein blödes Arschloch! Markus spürte die Wut in sich hochkochen über so viel Unverschämtheit. Aufgebracht erwiderte er die Geste, und wie aus Reflex trat er noch fester aufs Gaspedal. „Das könnte dir so passen!"

~

„Komm schon, komm schon, das schaffen wir!" Helmut redete seinem schwerfälligen Lieferwagen gut zu und konzentrierte sich voll und ganz auf seinen rechten Fuß, der schon fast am Boden hing. Wäre doch gelacht! Na also - jetzt musste der dämliche Audi neben ihm abbremsen, wenn er nicht auf seinen Vordermann auffahren wollte. Helmut zog vorbei, lehnte sich zufrieden zurück und blieb weiter auf der linken Spur. Ha! Dem hatte er es gezeigt. Diese eingebildeten Anzugtypen, die meinen, die Autobahn für sich gepachtet zu haben. Die einscheren, ohne zu blinken, dann noch anfangen, während der Fahrt an ihren Elektronik-Geräten rumzufummeln – sowas hatte er ja gefressen! Sollte der geschniegelte Lackaffe doch sehen, wie er mit seiner Protzkarre weiterkam. Helmut würde ihm jedenfalls nicht Platz machen zum Überholen.

~

„Scheiße!" Markus musste voll in die Eisen gehen, um den lahmen kleinen Citroën vor sich nicht zu rammen. Offenbacher Nummernschild auch noch. OF – Ohne Führerschein – na klar!, dachte er missmutig. Jetzt zog diese Arschgeige von Transporter natürlich triumphierend an ihm vorbei. Markus scherte nach links aus und blieb ihm dicht auf den Fersen. Hinten auf dem Lieferwagen ein Eintracht-Aufkleber – das konnte ja nur ein Volldepp sein!

Ein kurzer Blick nach rechts bestätigte ihm, was er schon geahnt hatte: Eine Tussi im Citroën, natürlich. Und blond. Weiber und Rentner – mussten die ausgerechnet am Freitagnachmittag die Autobahn bevölkern und ihm den Job versauen? Hier saß offenbar auch noch eine ganz besondere Stümperin am Steuer: Auf der Fahrerseite zog sich ein langer dunkler Kratzer durch den gelben Lack: Da hatte die Offenbacher Blondine wohl versucht, irgendwo einzuparken. Markus verzog spöttisch die Lippen und gab dann wieder Gas, um dem Eintracht-Fan vor ihm einzuheizen.

Der rote Transporter blieb allerdings hartnäckig auf der linken Spur. Aber bei der nächsten Gelegenheit würde Markus ihn weit hinter sich lassen. Und heute Abend würde die Eintracht von Mainz 05 ordentlich eins auf die Mütze kriegen! Dieser Gedanke ließ ihn ein wenig entspannen. Er wischte sich ein paar Schweißtropfen von der Stirn, lockerte seinen Krawattenknoten und schaltete vom Radio um auf die CD mit seinen Lieblingshits der Red Hot Chili Peppers. Vielleicht wurde damit der Verkehr erträglicher.

~

Julia hielt das Lenkrad mit beiden Händen fest umklammert. Da schienen heute echt nur Idioten unterwegs zu sein! Wie hatte sie auch nur so blöd sein können, die Strecke bis Rüdesheim ganz allein fahren zu wollen. Dabei hatte ihre Mutter ihr sogar noch angeboten, sie zu begleiten. Aber nein, bloß weil sie endlich 18 war, hatte sie darauf bestanden, es ohne ihre Mutter zu schaffen.

Julia biss sich auf die Lippen und starrte stur geradeaus. Sie ahnte mehr als dass sie es sah, wie der Fahrer des schwarzen Wagens links neben ihr verächtlich herüber schaute. Er schien es verdammt eilig zu haben; eben war er ihr schon fast in den Kofferraum gefahren. Dort hinten, im Kofferraum, lag dummerweise das Magnetschild mit der „Fahranfänger"-Aufschrift. Zu allem Überfluss hatte sie ausgerechnet heute vergessen, es an der Heckklappe zu befestigen - vielleicht wäre der ungehaltene Typ sonst etwas gnädiger mit ihr gewesen. Sie könnte natürlich an der nächsten Tankstelle kurz anhalten, um das Schild hinten anzubringen. Aber der Verkehr war furchtbar zäh, und sie hatte Bedenken, dass sie ohnehin schon zu spät bei ihrem Vater ankommen würde. Außerdem bist du schon groß, redete sie sich selber Mut zu, du schaffst das schon. Wenn sie sich bloß auch so groß fühlen würde, wie sie eigentlich war!

Der schwarze Audi war jetzt endlich an Julia vorbei und scherte dermaßen dicht vor ihr ein, dass sie erschrocken bremste. Ihre Mutter hätte jetzt sicher geflucht und vielleicht sogar eine obszöne Geste durch die Windschutzscheibe nach vorne gemacht, aber Julia traute sich nicht, die Hände vom Lenkrad zu nehmen. Sie ging lieber vom Gas, um den Abstand zu dem aggressiven Audi zu vergrößern und presste fest die Lippen aufeinander anstatt zu fluchen.

Kilometer 16,7

(Ausfahrt 11, Hofheim am Taunus)

Markus sah im Rückspiegel, dass der zitronengelbe Citroën mit der Blondschleiche hinter ihm jetzt weit zurück fiel. Er strich sich durchs dunkle Haar, rückte seinen Krawattenknoten zurecht und gab Gas. Immerhin war er jetzt wieder gleichauf mit der Hackfresse im roten Lieferwagen. Dem würde er es zeigen!

~

Helmut spürte ein unerträgliches Kribbeln in der Nase und fingerte nach den Papiertaschentüchern, die irgendwo in der Ablage sein mussten. So ein Mist aber auch, dass ihn ausgerechnet zum Wochenende eine Erkältung erwischen musste! Bevor er die Taschentücher fand, entlud sich das Kribbeln in einem gewaltigen Niesen, das ihn komplett durchschüttelte und ihn mit einer triefenden Nase zurückließ. Verdammte Scheiße, wo waren bloß diese dämlichen Tücher? Erst jetzt sah er, dass dieser aufgeblasene Affenarsch im Audi schon wieder neben ihm war und beharrlich aufholte. Mit einem kräftigen Geräusch zog Helmut die Nase hoch und konzentrierte sich aufs Gasgeben. Diesem Bürohengst wollte er auf keinen Fall den Vortritt lassen. Der hatte bestimmt bald Feierabend und könnte dann seine blankgeputzten Business-Schuhe auf den Designer-Couchtisch vor einem riesigen Flachbildschirm legen. Bekam jeden Monat pünktlich sein sattes Gehalt, anstatt von einer mickrigen Rente zu leben und stundenlang überflüssige Werbeprospekte auszufahren. Nein, so einer durfte sich ruhig noch ein bisschen länger auf der Autobahn herumärgern!

Den Fuß fest aufs Gaspedal gepresst, fand Helmut endlich die Packung mit den Taschentüchern und wischte sich die feuchte Nase ab. Vorsichtig betastete er seinen Schnurrbart und zwirbelte die Enden nach, die durch seinen Niesanfall etwas aus der Form geraten waren. Sobald er die Werbeprospekte in Wiesbaden abgeliefert hatte, würde er den Bart wieder richtig hin modellieren: So viel Zeit musste sein.

~

Markus bedachte den Fahrer des Transporters mit keinem Blick, als er endlich rechts an ihm vorbei zog.

Immer diese Möchtegern-Rennfahrer in ihren Klapperkisten, die meinten, es mit einem A4 aufnehmen zu können! Er drückte noch ein bisschen auf die Tube, um sich schließlich knapp vor den Lieferwagen zu setzen. Wenn der Vollpfosten meinte, unbedingt auf der linken Spur bleiben zu müssen, sollte er mal sehen, was er davon hatte.

„Can't stop", schallten die Red Hot Chili Peppers aus den Boxen, und Markus bewegte sich im Rhythmus mit. 15 Uhr 22 war es inzwischen. Wenn kein fetter Stau dazwischen kam und wenn nicht zu viele weitere Lahmärsche die Strecke nach Wiesbaden verstopften, müsste die Zeit eigentlich reichen. Markus griff zu den Kaugummis in der Ablage, da klingelte das Handy in seiner Brusttasche.

„Hi Süße", begrüßte er seine Freundin Hannah, doch ihre Antwort hörte er nicht. „Oh, sorry, muss grad die Musik leiser machen!" Beim Ausschalten des CD-Players rutschte das Handy zwischen seine Beine auf den Sitz. Als er es herausgefischt hatte, war der rote Transporter plötzlich wieder rechts neben ihm und der Fahrer grinste ihn unter einem auffällig großen Schnurrbart höhnisch an.

„Hornochse!", blaffte Markus ihn an, während er das Smartphone wieder ans Ohr hielt.

„Wie bitte?", klang es irritiert aus dem Hörer.

~

Helmut schickte einen drohenden Zeigefinger nach links, als er den Audifahrer mit seinem Telefon hantieren sah. Jetzt hätte er sich ausnahmsweise mal ein Polizeiauto in der Nähe gewünscht, damit sie den aufgemotzten Heini dran bekamen. Ein protziges Auto fahren, aber dann kein Geld für eine Freisprechanlage haben!

Jetzt gab der Audi wieder Gas, und Helmut prägte sich das Nummernschild ein. Ein Hamburger Kennzeichen auch noch. Der kannte sich also noch nicht mal aus hier - aber dann den fetten Macker raushängen lassen!

~

Julia versuchte die verkrampften Schultern etwas zu lockern und wischte sich nacheinander die schweißnassen Hände an ihrer Jeans ab. Dass ihr Vater aber auch so weit weg gezogen war! Als ob ihre Zeit im letzten Jahr vor dem Abi nicht eh schon knapp genug war, jetzt ging auch noch jede Menge davon für die blöde Fahrerei drauf, wenn Julia ihn besuchen wollte.

Noch 36 Kilometer bis Rüdesheim, las sie auf dem Autobahnschild. Ohne Stau könnte sie es in einer halben Stunde schaffen. Wenn nicht irgendein Vollidiot ihr doch noch hinten rein fuhr. Immerhin war der aggressive schwarze Audi jetzt weiter vorne und lieferte sich offenbar ein Wettrennen mit einem roten Transporter. Wenn's ihm Spaß machte – Julia wollte sich nicht hetzen, da nahm sie lieber die Verspätung bei ihrem Vater in Kauf. Es war schon blöd genug, dass sie neulich mit dem Wagen einen Blumenkübel neben dem Parkplatz erwischt hatte, da brauchte sie nicht noch eine weitere kritische Situation. Zumal der Verkehr immer dichter wurde. Das mit der halben Stunde konnte sie wohl knicken.

Kilometer 21,2

(Auffahrt 8, Wallau)

„Leo Lausemaus!", tönten zwei Kinderstimmen im Chor vom Rücksitz. „Wir wollen Leo Lausemaus hören!" Frank blickte genervt zu

Susanne, die auf dem Beifahrersitz saß und die Hände über ihrem runden Bauch gefaltet hielt.

„Ist ja nur für eine halbe Stunde!", versuchte sie ihn mit einem schiefen Lächeln zu trösten und fischte das Leo-Lausemaus-Hörspiel aus der Hülle. „Und vielleicht schlafen sie ja gleich ein!", fügte sie leise hinzu.

„Wenn wir es überhaupt mal auf die Autobahn schaffen!" Frank blies die Backen auf und fuhr dicht an seinen Vordermann heran, um möglichst noch die nächste Grünphase an der Ampel zur Auffahrt zu erwischen. Unglaublich, wie viele Leute so wie sie den Freitagnachmittag für einen Ikea-Besuch nutzten.

Jetzt klang dieses alberne Leo-Lausemaus-Titellied aus den Boxen und Frank runzelte ärgerlich die Stirn. Immerhin wurde die Ampel grün und er schaffte es tatsächlich, noch als letzter die Kreuzung zu passieren und der Einfädelspur zur Autobahn zu folgen. Da drang ihm ein irritierender Geruch in die Nase.

„Oh!" Jetzt hatte es auch Susanne gerochen und drehte sich zu den Kindern um. „Lilli, hast du etwa die Windel voll?"

Im Rückspiegel sah Frank, wie seine kleine Tochter die Augen aufriss und entschlossen den Kopf schüttelte.

„Lilli hat die Hosen voll! Lilli hat die Hosen voll!", ließ sich Lillis Bruder lautstark vernehmen.

„Vinni, hör auf!", zischte Susanne nach hinten. „Ausgerechnet jetzt!", stöhnte sie und schaute hilfesuchend herüber. „Sollen wir nochmal rausfahren?"

„Ach Quatsch", knurrte Frank, der sich gerade bemühte, eine Lücke im dichten Verkehr zu finden und die Einfädelspur zu verlassen.

Nachdem ihm niemand freiwillig Platz machte, drängelte er sich schließlich hinein, nicht ohne eine sofortige wütende Antwort in Form einer blinkenden Lichthupe zu bekommen.

~

„Blöde Sau!", schimpfte Markus, als sich der silberfarbende Familienvan vor ihm auf die Fahrspur quetschte und ihn zum Bremsen zwang. Eben noch war es auf der rechten Spur viel schneller gegangen, aber jetzt war sein Vorsprung wieder dahin. „Vincent-Thorben an Bord", las er auf der Rückseite des Vans, und „Liliana-Marie on Tour" stand daneben. Auch das noch. Dass diese Familien von heute nichts Besseres zu tun hatten, als sich Kindernamen auszudenken, die er höchstens einem Meerschweinchen geben würde. Als ob diese Spackos mit den kleinen Nervkröten dadurch weniger spießig wären!

Ärgerlich dachte er an das Telefonat mit Hannah zurück, das er eben geführt hatte. Wieder mal hatte sie so spitze Andeutungen gemacht. Wie man das Wochenende verbringen könnte, wenn sie eine richtige Familie wären. Dabei hatte er ihr so oft klar gemacht, dass er keine Lust auf Kinder hatte! Die raubten einem doch nur jahrelang den letzten Nerv, und bis sie aus dem Gröbsten raus waren, war man selber alt und ausgelaugt. Nur weil bei Hannah die biologische Uhr tickte, wollte er sich nicht unter Druck setzen lassen. Sie beide hatten es doch auch ohne Kinder gut – oder gerade deswegen!

Jetzt konnte Markus endlich auf die linke Fahrspur wechseln und an dem Familienauto mit den Meerschweinchen-Namen vorbeiziehen. Das Steuer hielt so ein junger Glatzkopf, neben ihm saß vermutlich die Kindsmutter. Die Brut auf dem Rücksitz konnte Markus wegen des angebrachten grellrosa „Hello Kitty"-Seitenscheiben-

Sonnenschutzes nicht erkennen. Er vermutete aber, dass sich auf dieser Seite der Sitzplatz der Rotzgöre Liliana-Marie befand. Und Vincent-Thorben, oder wie der hieß, starrte wahrscheinlich auf einen ähnlichen Sonnenschutz im Bob-der-Baumeister-Design, oder was auch immer die Kids von heute für alberne Figuren anhimmelten.

Ein Blick in den Rückspiegel zeigte Markus, dass die schnurrbärtige Transporter-Flachpfeife ihm schon wieder auf den Fersen war – höchste Zeit, mal wieder nach vorne etwas Druck zu machen. Mittlerweile war es 15:29. So zäh, wie der Verkehr hier war, könnte es doch knapp werden mit seinem Timing.

Er war sich nicht mehr ganz sicher, ob er die Adresse der Gemeinschaftspraxis richtig im Kopf hatte und angelte nach seinem iPad, das ganz an den Rand des Beifahrersitzes gerutscht war. Die blöde Zahlenkombination zum Bildschirm-Entsperren wollte sich nicht richtig eingeben lassen; immer wieder rutschte Markus mit dem Finger ab – Mist! Als er nach dem dritten Versuch wieder aufblickte, war er tatsächlich ein wenig nach rechts abgedriftet und musste den Wagen mit einer hastigen Bewegung wieder richtig in die Spur bringen.

~

War dieser Hamburger Hampelmann eigentlich besoffen oder was? Jetzt fuhr er da vorne sogar Schlangenlinien. Helmut verzog verächtlich den Mund und schaute dann nervös zur Uhr. Halb vier  schon. Bis vier sollte er die Prospekte in Wiesbaden-Schierstein abgeliefert haben, damit die Schüler sie heute noch austragen konnten. So wie der Verkehr aussah, konnte es aber locker halb fünf werden. Allerhöchste Zeit, um zum Stadion zu fahren und einen Parkplatz zu suchen - seine Kumpels würden dann bestimmt schon auf ihn warten. Um 18:30 ging das Spiel bei den Mainzer Luschen los, und sie wollten sich keinesfalls entgehen lassen, wenn die Eintracht diese Hohlbratzen heute weiter in Richtung Tabellenende beförderte.

Die vier Eintrittskarten klemmten oben am Sonnenschutz und warteten auf ihren Einsatz. Geschlagene eineinhalb Stunden hatte Helmut dafür angestanden! Er zog die schwarze Kappe mit dem Eintracht-Emblem aus der Seitenablage und setzte sie schon mal auf – vielleicht hob das seine Stimmung. Später würde er natürlich noch das Trikot überziehen und den Schal, der über der Beifahrerlehne hing. Diesen jämmerlichen Mainzern würden sie es zeigen!

Helmut drückte weiter aufs Gas, zog an einem silbergrauen Zafira mit grauenvollem „Hello Kitty"-Sonnenschutz vorbei und behielt das Business-Arschloch in seinem schwarzen Audi im Auge. Seine vielen PS nützten dem hier gar nichts - vielleicht ergab sich also doch noch die Chance, ihm eins auszuwischen.

~

„Hier stinkt's!", kommentierte Vincent-Thorben von hinten, und Frank ließ das Fenster ein kleines Stück herunter, um ein wenig Frischluft in den Wagen zu lassen.

„Ich hab jetzt keine Lust, schon wieder anzuhalten", meinte er. „Eine halbe Stunde werdet ihr's wohl noch aushalten!" Susanne stöhnte und ruckelte sich auf ihrem Sitz zurecht – mit dem dicken Bauch wurde das Autofahren immer unbequemer. Frank warf ihr einen sorgenvollen Blick zu.

„Oder, Schatz? Geht's?" Wenn sie es erst über die Schiersteiner Brücke geschafft hätten, war der Rest bis Bingen ein Kinderspiel.

„Geht schon." Susanne nickte und lächelte gequält zurück. Frank fuhr sich über den kahlgeschorenen Kopf und rieb sich die Stelle zwischen den Augenbrauen, von der eine dumpfe Anspannung in seinen Schädel ausstrahlte. Vor ihnen fuhren die Autos dicht an dicht, mehr als Tempo 50 war nicht drin. Links von Frank versperrte ein dunkelroter Transporter ihm die Sicht und nahm ihm auch die Möglichkeit, die Spur zu wechseln; andererseits schien es da drüben auch nicht schneller voran zu gehen. Die grauen Wolken wurden immer dichter und ließen nur noch gelegentlich ein paar Sonnenstrahlen durch. Hoffentlich fing es nicht auch noch zu regnen an! Der Tag war sowieso schon beschissen genug. Sobald sie zuhause die neuen Kinderschränke ausgeladen hatten, würde Frank sich ans Korrigieren der Kursarbeit setzen müssen, die seine Oberstufenschüler heute geschrieben hatten. Vielleicht schaffte er es ja, am Wochenende damit fertig zu werden. Nur noch zwei Wochen, dann fingen die Herbstferien an, und er wollte endlich einmal in dieser Zeit nichts für die Schule machen müssen, sondern einfach nur ausspannen. Zumindest bis das neue Baby kam, und das würde erst gegen Ende der Ferien passieren, wenn der Doc sich nicht verrechnet hatte.

Jetzt begann es tatsächlich zu nieseln und Frank ließ sein Fenster wieder hochfahren. Im Rückspiegel sah er einen gelben Citroën, der großen Abstand zu ihm hielt. Vielleicht war es wirklich eine bessere Idee, nicht um jeden Preis seinem Hintermann auf der Stoßstange zu hängen, sondern es etwas moderater anzugehen. Frank nahm den Fuß vom Gas, sah den Transporter neben sich aufholen und ließ sich ein wenig zurückfallen.

~

„Scheiße, was ist denn mit dem Scheibenwischer los?", fluchte Julia laut und rüttelte am Hebel für die Scheibenwaschanlage. Alles trocken - kein einziger Wassertropfen ließ sich herauslocken! Entsetzt sah sie, wie sich auf der Windschutzscheibe ein hässlicher zäher Schmierfilm aus Straßenstaub und spärlichen Regentropfen bildete, durch den sie kaum die Fahrzeuge vor sich erkennen konnte. Instinktiv nahm sie den Fuß vom Gaspedal.

Das durfte doch nicht wahr sein! Julia spürte Tränen aufsteigen. Ob sie einfach den Warnblinker einschalten und rechts ranfahren sollte? Noch ein weiteres Mal zog sie am Waschanlagenhebel – ohne Erfolg, und stellte dann den Scheibenwischer auf volles Tempo – trotz beinahe trockener Scheibe. Tatsächlich sah sie, wie die Straße langsam wieder vor ihr auftauchte, mit ein paar schmutzigen Schlieren zwar, aber man konnte doch erkennen, wie weit der Vordermann entfernt war. Erleichtert atmete sie auf und strich sich die vorwitzige blaugefärbte Haarsträhne aus der Stirn. Wenn sie bloß cooler bleiben könnte! Das war jetzt eben wieder so typisch gewesen. Immer bekam sie sofort Panik, wenn irgendetwas schief ging. Daran musste sich echt dringend etwas ändern.

„Vincent-Thorben" und „Liliana-Marie" las Julia durch den Schmierfilm die Kindernamen auf dem Auto vor ihr. Marie hieß auch das kleine Nachbarsmädchen, auf das Julia immer aufpasste, seit sie mit 14 ihr Babysitter-Diplom gemacht hatte. Schon seit drei Jahren verdiente sie sich so regelmäßig ein bisschen Taschengeld dazu, und sie konnte sich kaum einen schöneren Nebenjob vorstellen. Für Marie war Julia die Große, die Coole, und bei ihr fühlte sie sich stark. Marie fand ihre langen blonden Haare toll. Ganz besonders bewunderte sie die eingefärbte blaue Strähne: Julias Versuch, etwas Neues zu wagen, vom Schema F abzuweichen, aufzufallen – aber bloß nicht zu viel.

Julia seufzte beim Gedanken an Marie. Am Sonntagabend, wenn sie von ihrem Vater zurück war, würde sie wieder Babysitten dürfen. Und wenn Marie schließlich schlief, würde Julia den Rest des Abends mit der Vorbereitung ihrer Geschichtsklausur verbringen, vor der ihr grauste. Na, vielleicht kam sie ja bei ihrem Vater auch schon ein bisschen dazu, sich mit dem deutschen Kaiserreich auseinanderzusetzen.

Kilometer 23,2

(Ausfahrt 7, Wiesbaden-Nordenstadt)

Nur noch neun Kilometer bis zum Schiersteiner Kreuz. Das musste doch wohl zu schaffen sein! Markus wurde immer nervöser. Die Uhr auf seinem Display zeigte 15 Uhr 35. Er könnte auch schon in Biebrich abfahren, vielleicht ging es hintenherum zur Praxis ja schneller.

Diese verdammten Firmenvorgaben aber auch. Wenn die vom Management wüssten, was es hieß, im Außendienst zu arbeiten! Da konnte man sich noch so sehr den Arsch aufreißen und gute Arztgespräche führen, aber nein – gemessen wurde man nur an der Anzahl der Besuche! Nächste Woche würde er sich deswegen wieder einen Rüffel von seiner Chefin abholen. Umso wichtiger, dass er heute noch ein oder zwei Besuche mehr eintragen konnte, selbst wenn er dabei nur einen feuchten Händedruck der beiden Praxisärzte mitnahm und einmal das Wort „AntiDolorix" aussprechen konnte – so viel zählte schon als Arztbesuch. Das Schmerzmittel, für das er hier durch die

Gegend fuhr, war wirklich gut und er leistete gerne Überzeugungsarbeit dafür. Aber die Vorschriften, wie er seinen Job zu erledigen hatte, waren einfach nur kontraproduktiv.

„Dafür hast du so viele Freiheiten!", argumentierte Hannah immer, wenn er wieder mal total gefrustet von der Arbeit heimkam. „Hast einen Firmenwagen, kannst dir deine Zeit frei einteilen..." ... und dann gab es meistens wieder eine Andeutung, dass er sich mit seinem Job auch sicher wunderbar an der künftigen Kindererziehung beteiligen könnte.

Jetzt fing der Verkehr so richtig an zu stocken. Das lag wahrscheinlich an der Verengung auf zwei Spuren, die kurz bevorstand. Markus atmete tief durch und versuchte ruhig zu bleiben. Es würde schon irgendwie klappen mit dem blöden letzten Arztbesuch. Vielleicht hatten sie die Praxis ja heute auch ausnahmsweise mal länger geöffnet.

~

Tom schnippte seine Zigarettenkippe nach draußen und runzelte die Stirn. Der Motor machte irgendwie ein seltsames Geräusch. Das war doch hoffentlich nichts Ernstes! Die Klapperkiste hatte zwar schon etliche Jahre auf dem Buckel, aber bislang hatte sie immer problemlos ihren Dienst geleistet. Und das sollte sie bitteschön auch heute tun! Tom beugte sich nach rechts in den Beifahrer-Fußraum, wo ein Teil seiner heutigen Errungenschaften stand: Die Plattensammlung eines Verstorbenen, dessen Frau keine Ahnung hatte, was die Dinger wert waren, und die ihm deshalb das ganze Paket für einen Spottpreis überlassen hatte. Was für ein Schnäppchen! Dazu noch war es eine ganz bunte Mischung von Musik aus verschiedenen Epochen, so etwas fand man selten. Eine Kiste des Platten-

Sammelsuriums hatte er im Kofferraum deponiert, aber die Teile hier vorne musste er unbedingt jetzt schon mal begutachten. Da waren mit Sicherheit etliche Schätze dabei, die er nachher gleich auf ebay stellen konnte.

Während er in dem Plattenstapel neben sich wühlte, sah Tom unmittelbar vor sich die Bremslichter eines gelben Citroëns aufleuchten und trat ruckartig auf die Bremse. Hoppla, das war gerade nochmal gut gegangen! Der Verkehr schien ganz schön zäh zu werden. Dabei wollte er auf dem Heimweg nach Wiesbaden noch einen Abstecher in seinem Lieblings-Trödelladen machen. Die Besitzerin hatte ihn vorhin angerufen und informiert, dass auch hier neue Ware eingetroffen war.

Die lahme Mühle vor ihm ging Tom ganz schön auf den Geist. Kurz entschlossen scherte er aus der Spur aus, fing sich ein Hupen vom Auto hinter ihm ein und fuhr an der kleinen fahrenden Zitrone vorbei. Am Steuer saß ein offenbar verstörtes Mädel mit einer dunklen Strähne im langen blonden Haar, das ihn mit weit aufgerissenen Augen anschaute. Glotz nicht so blöd, du Zimperliese, dachte Tom stumm, und sieh' lieber zu, dass du mal Autofahren lernst! Da war plötzlich wieder das Geräusch aus der Motorhaube und Tom schüttelte unwillig den Kopf. Was soll's, dachte er, wird schon nichts Ernstes sein.

Der Verkehr floss langsam und Tom hatte Zeit, aus dem Fußraum die Platte zu ziehen, die ihn schon beim ersten Durchsehen in helle Freude versetzt hatte. Wenn die gut in Schuss war, konnte er ein Vermögen damit erzielen! Es juckte ihn in den Fingern, das Vinyl aus dem Cover zu holen und zu untersuchen, aber jetzt musste er erst mal sehen, wie er an diesen ganzen Luschen vorbei kam. Sich in einem Stau durchzuschlängeln war Toms Spezialität, und es wäre doch gelacht, wenn er nicht weit vor all diesen Schnarchnasen das Schiersteiner Kreuz erreichte! Er legte die Platte neben sich auf den Sitz und überholte den grauen Van mit den seltsamen Kindernamen, in dem anscheinend gerade ein kleiner Krieg zwischen den Mitfahrern herrschte. Seine Beute konnte er sich auch später noch genauer angucken.

~

„Gib mein' Teddy zurück!" „Nein, das is' meiner!" Das Krakeelen der Kinder auf dem Rücksitz übertönte sogar das nervige Leo-Lausemaus-Hörspiel. Dazu noch der penetrante Geruch nach Kinderscheiße… Frank spürte eine brodelnde Wut in sich aufsteigen und schaute mürrisch hinüber zu Susanne auf dem Beifahrersitz. Aber die hielt die Augen fest geschlossen. Nur eine steile Falte auf ihrer Stirn verriet, dass sie nicht schlief, sondern durchaus mitbekam, welches Theater da gerade abging.

Plötzlich flog ein grüngraues zerlumptes Stofftier nach vorne in den Fahrerraum.

„Spinnt ihr eigentlich?" Wütend drehte Frank sich um. „Habt ihr eine Ahnung, wie gefährlich das ist?"

Vier große Kinderaugen blickten ihn erschrocken an. So laut kannten ihn die beiden gar nicht.

„Der Vinni hat…"

„Der Vinni hat, der Vinni hat!", äffte Frank seine Tochter ärgerlich nach. „Ihr könnt einfach mal eine halbe Stunde Ruhe geben! Und der blöde Teddy bleibt jetzt hier vorne!"

Damit griff er das Stofftier und quetschte es vorne zwischen Ablage und Windschutzscheibe. Susanne hatte immer noch die Augen geschlossen und hielt sich raus. Sie hätte ja auch mal eingreifen können. Schließlich musste er sich aufs Fahren konzentrieren!

Auf der linken Seite fuhr jetzt ein abgewrackter schmutzig-weißer Kombi vorbei, aus dem ein unrasierter Typ mit halblangen zerzausten Haaren herüber gaffte. „Lutscher", dachte Frank lautlos. Er konnte sich gerade noch beherrschen, ihm den Stinkefinger zu zeigen, und stierte wieder nach vorne auf die Fahrbahn.

~

Die Fahrbahn war inzwischen nur noch zweispurig und die Autos wälzten sich im Schneckentempo Richtung Wiesbaden. Helmut musste schon wieder niesen. Mit einer Hand versuchte er, ein frisches Taschentuch aus der zerknitterten Packung zu ziehen und stöhnte. Der blöde Audi hatte jetzt auf die rechte Spur gewechselt, da schien es tatsächlich gerade schneller zu gehen. Nervös rückte Helmut seine Kappe zurecht und zwirbelte an seinem Bart herum. Ob er vielleicht doch bei der nächsten Abfahrt runterfahren sollte? Wenn er sich nicht irrte, musste hier in der Nähe die Schreinerei sein, in der er mal eine Zeitlang ausgeholfen hatte. Aber wie kam man von dort aus ohne Autobahn in den Stadtteil Schierstein? Dafür kannte er sich viel zu schlecht in Wiesbaden aus, und das Navi hatte blöderweise schon seit längerem den Geist aufgegeben.

Halbherzig griff Helmut nach dem Autoatlas in der Seitenablage und versuchte ihn an der richtigen Stelle aufzublättern. Ein lautes Hupen schreckte ihn auf - ups, da war er doch ein bisschen von der Spur abgekommen. Rechts neben seinem Transporter hatte sich ein alter weißer Passat dazwischen gedrängt; der Fahrer schaute ihn aus seinem offenen Fenster wütend an. Helmut korrigierte die Ausrichtung seines Wagens und warf dem Passatfahrer einen verächtlichen Blick zu. Der sollte sich nicht so haben, es war schließlich nichts passiert.

~

„Sackgesicht", knurrte Tom wütend, wandte sich von dem Fahrer im Transporter neben ihm ab und schaute wieder nach vorne, wo jetzt die Aral-Tankstelle angekündigt wurde. Dem Kilometerstand nach zu urteilen, müsste er noch genügend Sprit für die nächsten hundert Kilometer haben. Zu blöd, dass auch die Tankanzeige kaputt war in seinem Wagen. Das Geräusch unter der Motorhaube war immer noch da, aber wenigstens war es nicht schlimmer geworden. Tom drehte sich nach hinten, um aus dem Getränkekasten auf dem Rücksitz eine Colaflasche zu greifen. Dann klemmte er sich die Flasche zwischen die Oberschenkel und drehte den Schraubverschluss auf. Als er plötzlich auf die Bremse treten musste, entglitt ihm der Verschluss und rollte auf den Boden – so ein Mist! Die Augen nach vorne gerichtet auf einen Audi mit Hamburger Kennzeichen, versuchte er, den Flaschenverschluss zwischen seinen Füßen zu ertasten. Wenn er ihn nicht fand, würde er die Flasche die ganze Zeit in der Hand halten müssen – wie ärgerlich! Endlich hatte er den Verschluss erwischt und richtete sich auf. Tat das gut: Ein ordentlicher Schluck Cola! Mit einem Blick in den Rückspiegel, wo er den Familienvater von eben verbissen am Steuer sitzen sah, schraubte er die Flasche wieder zu und schob sie in die Ablage zwischen den Sitzen. Den Audi da vorne würde er gleich auch noch überholen.

Kilometer 25,5

(Tankstelle Wiesbaden-Erbenheim)

Nele warf ihre bunte Fransentasche auf den Rücksitz, zog die Fahrertür zu und schnallte sich an.

„Ist ja gut, es geht ja schon weiter!", sagte sie in beruhigendem Ton zu Sokrates, ihrem Kater, der neben ihr in der Transportbox miaute. „Es dauert auch bestimmt nicht mehr lang, bis wir zuhause sind!"

Sie schob das Tuch zurecht, das sie sich um die Stirn gewickelt hatte, um ihre Rastalocken zu bändigen, und startete den Motor. Jetzt konnte sie wenigstens beruhigt weiterfahren, ohne ständig von der blinkenden Tankanzeige genervt zu werden – zu dumm, dass sie vergessen hatte, direkt nach dem Tierarztbesuch zu tanken. Dafür hatte sie jetzt die horrenden Preise der Autobahntankstelle in Kauf nehmen müssen. Kopfschüttelnd lächelte sie in sich hinein. Manchmal war sie wirklich ganz schön verpeilt! Es wurde Zeit, dass sie zu ihrem Yogakurs kam und ein bisschen abschalten konnte. Heute würde sie vielleicht mit ein paar Atemübungen beginnen. Das tat den Teilnehmerinnen auch immer ganz gut, bevor sie mit den Sonnengruß-Runden loslegten. Etwas Entspannendes, Harmonisierendes: Am besten ein paar Minuten Wechselatmung, dann vielleicht noch zwei Runden Schnellatmung zum Energetisieren. Und dann... Nele entwarf im Kopf ihre für heute angedachte Übungsreihe, während sie wieder auf die Autobahn auffuhr.

~

„Hey, du Vollidiotenschlampe!!", schrie Markus aufgebracht. „Bist du noch ganz dicht in der Birne?"

Er hämmerte auf die Hupe, so dass der blöden Tusse vor ihm hoffentlich die Ohren schlackerten. Natürliche eine Frau, was sonst! Durch die Rückscheibe des quietschgrünen Corsa sah er eine wilde Weiberfrisur in alle Richtungen abstehen, und neben einem „ATOMKRAFT NEIN DANKE!"- Aufkleber grinste ihn von der Heckklappe auch noch ein fetter gelber Smiley an, mit den Worten „Keep calm and just smile!" So ein idiotischer Spruch - als ob einem sowas bessere Laune machen würde! Da saß sicher so eine Ökoschlunze drin, die keine Ahnung davon hatte, was es hieß, den ganzen Tag zu arbeiten. Das Blut in Markus' Adern kochte.

„Bleib doch zuhause, wenn du nicht autofahren kannst!" Er fuhr mit dem Finger zwischen Hemdkragen und Hals und zerrte an seinem Krawattenknoten. Irgendwie war ihm das blöde Ding heute viel zu eng. 15 Uhr 41 war es schon, und allmählich sah er alle Felle davon schwimmen. Dass ihn jetzt ausgerechnet auch noch so eine Esoterikschlampe ausbremste! Auch dieses hirnamputierte Arschgesicht von rotem Schnauzbart-Transporter kam schon wieder von hinten. Missmutig setzte Markus den Blinker und wechselte schleunigst auf die linke Spur, bevor ihn der Lieferwagen wieder überholen konnte.

~

„Ach mein Süßer, du musst doch nicht so maunzen!" Nele hätte Sokrates gerne gestreichelt, aber aus der Transportbox konnte sie ihn beim besten Willen nicht befreien, solange sie unterwegs waren. „Magst du vielleicht ein bisschen Musik?" Sie schaltete den CD-Player ein, so dass sanfte Klänge einer sphärischen Musik den Innenraum erfüllten – und tatsächlich: Das Jammern des Katers verstummte.

Nele lächelte dem Fahrer links neben sich freundlich zu. Er allerdings schien ihr überhaupt nicht freundlich gesonnen zu sein, sondern wedelte wild mit den Armen umher und redete ganz offensichtlich aufgebracht mit sich selbst, während er wütende Blicke herüber schickte. Nele verzog die Lippen zu einem Kussmund und nickte ihm beschwichtigend zu – ein bisschen mehr Gelassenheit würde diesem armen Zeitgenossen sicher gut tun.

Sie ging ein wenig vom Gas, als der Fahrer im schwarzen Audi sie überholt hatte und äußerst knapp vor ihr auf die rechte Spur einscherte. Man könnte fast meinen, dass er sie mit Absicht so abdrängte. Etwas irritiert schüttelte sie den Kopf, während sie den Abstand zu ihrem offenbar aufgewühlten Vordermann etwas vergrößerte. Naja, er kannte sich vielleicht nicht aus hier, immerhin hatte er ein Hamburger Kennzeichen. Nele schaltete den Scheibenwischer ein, um ein paar Nieselregen-Tröpfchen von der Windschutzscheibe zu wischen und konzentrierte sich dann wieder auf die Musik in ihrem Auto und die wunderschönen Herbstfarben der Bäume am Autobahnrand.

~

„Oh je, Öko-Schnepfe", dachte Helmut feixend, als er neben einem froschgrünen Corsa mit „ATOMKRAFT NEIN DANKE" – Aufkleber her fuhr. Die Fahrerin hatte ein buntes Tuch um den Kopf geschlungen und grinste selbstvergessen in die Gegend. Hätte glatt als Hippie durchgehen können, die Alte. Eigentlich hatte er gedacht, die Blumenkinder-Zeiten seien vorbei – naja, jeder wie er will. Hauptsache sie kam Helmut nicht in die Quere, aber zum Glück befand sie sich ja auf der Abbiegerspur nach Erbenheim.

Da allerdings schien die Müslitante auf einmal nervös zu werden. Drehte sich auf ihrem Sitz um und fing an, nach links zu blinken. Hatte sie es also doch geschnallt, dass die Autobahn hier zweispurig wurde. Aber das könnte ihr so passen, dass Helmut sie rein ließ! Entschlossen gab er ein wenig mehr Gas und fuhr so dicht auf seinen Vordermann auf, dass sich niemand vor ihn drängen konnte. Sollte die bunte Blumenziege doch sehen, wo sie blieb mit ihrem bescheuerten Froschauto.

~

„Papa, sind wir bald da?", fragte Vincent mit unsicher piepsender Stimme vom Rücksitz und Frank seufzte.

„Ich wünschte, wir wären bald da!", antwortete er und schickte einen mitleidigen Blick nach hinten. Die Kinder waren während der letzten Minuten tatsächlich mucksmäuschenstill gewesen. „Aber du siehst ja, was hier los ist!"

Auf der linken Spur lief es gerade anscheinend schneller. Frank setzte an, hinüber zu wechseln, als Susanne aufstöhnte. Sie richtete sich ein wenig auf und ließ ihr Seitenfenster weit herunter.

„Soll ich doch nochmal rausfahren zum Wickeln?", fragte Frank. Der Gestank im Auto war bestialisch und es war kein Wunder, wenn es seiner Frau davon schlecht wurde.

„Nee, nee, geht schon", gab sie zurück und lehnte sich wieder zurück. „Hauptsache wir sind bald zuhause." Ihre Hände waren immer noch über dem kugelrunden Bauch gefaltet.

„Ich fahre so schnell ich kann!", versicherte Frank und zog an einem hellgrünen Kleinwagen vorbei, in dem eine bunt gekleidete junge Frau offensichtlich vergnügt in die Gegend schaute. So gute Laune hätte er auch gerne.

~

Jetzt tauchte doch noch die Sonne zwischen den Wolken auf! Nele kniff die Augen zusammen, als das trübe Septembergrau von ein paar kräftigen Sonnenstrahlen erhellt wurde. Da sahen die Blätter rundherum gleich nochmal viel bunter aus. Wie wunderschön der Herbst doch war!

Im Rückspiegel sah sie einen zitronengelben Wagen hinter sich fahren. Endlich mal ein Autofahrer, der auch nicht auf das ewige Grau und Schwarz stand, sondern ein bisschen Farbe auf die Straße brachte. Und da – jetzt erst entdeckte Nele noch etwas: Hinter ihnen am wolkenverhangenen Himmel hatte die Sonne doch tatsächlich einen herrlichen Regenbogen gezaubert!

~

Oh Mann, diese verkackte Waschanlage aber auch! Die Wolken waren aufgerissen und Julia fuhr genau auf die schon tiefstehende Sonne zu. Die verwandelte den nur notdürftig beseitigten Schmierfilm auf der Windschutzscheibe jetzt in eine fast undurchsichtige Wand. Julia ging wieder vom Gas. Immerhin hatte der Wagen vor ihr diese leuchtend grüne Farbe, so dass sie ihn im Gegensatz zu den verschwommenen grau-schwarzen anderen Verkehrsteilnehmern ganz gut erkennen konnte. Dennoch wollte sie auf keinen Fall riskieren, ihm zu nahe zu kommen.

Julias Magen knurrte. Bei ihrem Papa wollten sie heute zusammen Pizza machen - mmmh, lecker! Aber bis die fertig war, dauerte es noch so lange! Sehnsüchtig dachte Julia an die Rolle Doppelkekse, die sie in ihrer Reisetasche mitgenommen hatte. Mist, dass sie auch an die Tasche auf dem Rücksitz nicht herankam während des Fahrens!

Im Rückspiegel tauchten jetzt die grimmig blickenden Scheinwerfer eines BMW auf. Diese Wagen jagten Julia immer Angst ein: BMWs und Audis waren die Schlimmsten, das hatte sie schon festgestellt. Aber zum Glück fuhr dieser hier nicht ganz so dicht auf.

Am Himmel hinter dem BMW blitzte ein leuchtend bunter Regenbogen auf, aber jetzt hatte Julia keine Zeit, ihn zu bewundern. Lieber konzentrierte sie sich wieder voll und ganz auf die Straße vor sich.

~

Ein seltsames Gefühl war es für Gundula, wieder mal in diesem Schiff unterwegs zu sein. Viel lieber hätte sie ihren eigenen Wagen genommen statt des BMW ihres Mannes, aber der Werkstatttermin hatte sich nicht verschieben lassen. Genauso wenig wie der Krankenhausbesuch bei ihrem Mann – er langweilte sich dort zu Tode und wurde unleidlich, wenn sie nicht spätestens jeden zweiten Tag bei ihm auftauchte und ihm für ein, zwei Stunden Gesellschaft leistete.

Sie war ja froh, dass alles so glimpflich ausgegangen war. Zum Glück hatte er die Bohrmaschine gerade aus der Hand gelegt und sich für ein Päuschen ins Wohnzimmer gesetzt, als ihn der Herzanfall erwischte – sonst hätte er sich zudem noch ganz übel verletzen können. Jetzt ging es ihm wieder deutlich besser, und vielleicht würde er nach dem Wochenende bereits entlassen werden. Aber die Baustelle in ihrem Flur, wo er begonnen hatte, einen Wandschrank einzubauen, würde ihnen wohl noch ein Weilchen erhalten bleiben. Daran weiter zu basteln käme für ihren Mann sicher erst mal nicht in Frage. Und ob Gundula ihren Schwiegersohn breitschlagen konnte, die begonnenen Arbeiten fortzusetzen, war mehr als zweifelhaft.

Sie seufzte und ließ den Blick über die holzverkleidete Konsole gleiten bis zum Getränkehalter, in dem der Thermobecher mit heißem schwarzem Kaffee stand. Immerhin hatte sie noch daran gedacht, den Becher vor der Fahrt aufzufüllen. Vielleicht half ein bisschen Koffein gegen die hämmernden Kopfschmerzen, die sie schon den ganzen Tag mit sich herumtrug. Der Krankenhaus-Kaffee, den sie sich später aus dem Automaten hätte holen können, war eine regelrechte Zumutung.

Vorsichtig griff Gundula zu dem Becher und setzte ihn an die Lippen. Verdammt, war die Brühe heiß! Es war ja gut, dass diese Thermobecher tatsächlich so gut isolierten, aber sie hatte keine Lust, sich den Mund zu verbrühen. Der Kopf musste auch ohne Koffein noch ein bisschen aushalten.

Kilometer 29,5

(Ausfahrt 5, Mainzer Straße)

Endlich war es Tom gelungen, sich an dem roten Transporter vorbeizuschlängeln. Er hatte einfach den richtigen Riecher dafür, wann er auf welche Spur wechseln musste, um der Schnellste zu sein, und lachte zufrieden in sich hinein. Wenn er Glück hatte und der Verkehr nicht noch schlimmer wurde, war er in ein paar Minuten am Schiersteiner Kreuz. Dann schnell im Trödelladen vorbei und ab nach Hause, um seine Schätze zu sortieren. Wenn es nicht den Rest des Tages regnete, müsste das Licht gut genug sein, damit er ein paar von den Platten fotografieren und die ebay-Auktionen dafür vorbereiten konnte. Tom schaute prüfend in den Himmel und fuhr sich durch die Haare – ach ja, zum Friseur hatte er ja eigentlich auch noch gewollt. Das war schon längst überfällig, und die Zotteln nervten ihn manchmal ganz schön. Andererseits – der Friseurbesuch lief nicht davon, und außer ihm selbst störte es eh keinen.

Tom rieb sich das unrasierte Kinn, dann nahm er eine Zigarette aus seiner Packung, zündete sie an und betrachtete wieder die Platte auf dem Beifahrersitz: Das Live-Album der Red Hot Chili Peppers vom Konzert im Hyde Park, nie wieder nachgepresst seit ihrem Erscheinen 2004. Der Besitzer hatte sicher keine Ahnung gehabt, was für eine Rarität da in seinem Schrank stand. Tom stellte sie lieber wieder zwischen die anderen in den Fußraum – nicht, dass sie noch durch den Wagen flog und Schaden nahm.

Autsch! Ein stechender Schmerz fuhr Tom durch den Oberschenkel, als sich ein Stück Glut von seiner Zigarette löste und auf seinem Bein landete. Hastig schüttelte er den rotglühenden Krümel auf den Boden und rieb die verkokelte Stelle mit dem Handballen. Die Jeans hatte ihre besten Zeiten eh hinter sich, der würde ein weiteres Loch nichts ausmachen. Während er kontrollierte, ob das glühende Stückchen noch irgendwo am Boden weiterschmorte, wäre er fast wieder auf den scheiß Audi aufgefahren und musste hart bremsen. Zum Glück waren seine Schätze gut verstaut. Abgesehen von dem Peppers-Album waren noch ein paar andere Besonderheiten unter den Platten dabei – dieser Ausflug hatte sich echt gelohnt. Dazu noch die Bücherkiste, die er abgestaubt hatte: Diesen Inhalt würde er in dem Indoor-Flohmarkt loswerden, in dem er schon lange ein Verkaufsregal gemietet hatte. Gleich morgen würde er einen Schwung Sachen dorthin schaffen – vielleicht war von der neuen Ware im Trödelladen ja auch noch etwas dabei, was er gewinnbringend verscherbeln konnte.

Nur noch drei Kilometer, bis er von dieser verstopften Autobahn runter kam... wenn bloß dieser fette Audi da vorne ihm nicht immer wieder den Weg abschneiden würde!

Zehn vor vier! Obwohl es nun wirklich nicht mehr sommerlich heiß war, spürte Markus, wie ihm der Schweiß den Rücken hinunter lief. Nur noch wenige hundert Meter bis zur Ausfahrt Biebrich – er musste

sich dringend auf der rechten Spur einordnen, um gleich abfahren zu können. Selbst wenn er erst um eine Minute vor vier an der Praxis ankam, hätte er noch eine reale Chance, seine Unterschrift zu bekommen. Aber dieser abgerockte weiße Passat war ihm die ganze Zeit im Weg: Immer wenn er nach rechts wechseln wollte, ließ der keinen Zentimeter Platz. Dabei saß da so ein dämlicher Penner drin, der es bestimmt kein bisschen eilig hatte und auch noch provozierend seinen Arm mit brennender Zigarette raushängen ließ.

Die Red Hot Chili Peppers sangen jetzt „Right on Time". Die hektischen Klänge passten perfekt zur aktuellen Situation. Markus drehte die Lautstärke voll auf und beugte sich nach vorne. Wie durch ein Wunder schaffte er es, sich auf die rechte Spur vor den unverschämten Passat zu setzen. Schon wollte er triumphierend auflachen, da gefror ihm das Grinsen im Gesicht, als er das Schild sah: „Ausfahrt Biebrich gesperrt". WIE BITTE? Das durfte doch nicht wahr sein! So eine blöde verdammte Scheiße!

~

„Dann fahr halt, du Wichser!", knurrte Tom, als der schwarze Audi sich vor ihn quetschte. „Blöder Sack!", schob er noch hinterher, nahm einen langen Zug von seiner Zigarette und wechselte wieder nach links. Da plötzlich fing der Anzugheini an, wie wild herumzufuchteln. Hatte der etwa darauf spekuliert, in Biebrich abfahren zu können? Ha! Selbst schuld! Tom wusste zwar auch nicht, warum die Abfahrt auf einmal gesperrt war, aber diesem eingebildeten Hamburger Schnösel gönnte er den Schock. Mit einem selbstgefälligen Grinsen zog er am Audi vorbei, wo der geschniegelte Kerl anscheinend fassungslos auf das „Gesperrt"-Schild starrte. Geschah ihm vollkommen recht!

~

Okay, das war's also, dachte Markus resigniert, als er aus der Schockstarre auftauchte. Alles umsonst – die ganze Hektik und Aufregung für nichts und wieder nichts. Er konnte direkt nach Hause fahren. Das heißt, wenn er überhaupt jemals von dieser beschissenen Autobahn runter kam. Hannah würde erst gegen fünf kommen – jetzt war also noch nicht mal jemand zuhause, der ihn trösten konnte. Im Gegenteil: Wenn er Pech hatte, machte sie später sogar noch eine Bemerkung darüber, dass er doch glücklich sein konnte, so früh Feierabend zu haben. Verfluchte Kacke.

Als ob das alles nicht genug wäre, kündigte jetzt auch noch ein grell blinkender Aufbau an der Leitplanke an, dass sich die Fahrbahn auf nur eine Spur verengte. Allmählich wurde Markus klar, warum der Verkehr heute so superzäh war, und er stöhnte laut auf. EINE Spur, und das auf einer der meistbefahrenen Autobahnen! In der Rush-Hour am Freitagnachmittag! Nicht zu fassen. Natürlich fuhren jede Menge Schwachmaten wieder mal nicht bis zum Ende der auslaufenden Spur durch, sondern drängelten sich weit vorher schon vor seine Nase. Wie der beschissene Passat mit dem dreisten Gammler an Bord, der knapp vor ihm einscherte. „Bettnässer", zischte Markus durch die Zähne. Nur mit Mühe konnte er sich davon abhalten, dem Kotzbrocken vor sich einen Schubs in seine Rostlaube zu verpassen.

~

„Was ist denn bloß da vorne los?" Frank beugte sich unruhig von links nach rechts, um an dem Transporter vor ihm vorbeischauen zu können.

„Oh nein! Da ist tatsächlich noch eine Spur gesperrt!", stöhnte er schließlich auf, gerade als ein schlecht gelaunter Leo Lausemaus im Hörspiel sich weigerte, sein Zimmer aufzuräumen.

„Oh nein!", rief Susanne vom Beifahrersitz und richtete sich auf. Etwas in ihrer Stimme ließ Frank aufhorchen - als er zu ihr hinüberschaute, durchfuhr ihn ein gewaltiger Schreck: Sie saß stocksteif, die Augen weit aufgerissen, die Hände fest auf den Bauch gepresst, und starrte in ihren Schoß. Langsam drehte sie den Blick zu ihm, ihre Lippen zitterten.

„M.... meine... ich glaube, die Fruchtblase ist geplatzt!"

~

Jetzt hatte er schon wieder diesen verflixten Audifahrer vor der Nase. Helmut raufte sich die Haare. Obwohl die Straße zu allem Überfluss jetzt auch noch einspurig wurde, konnte es sich wirklich nur noch um wenige Minuten handeln, bis er am Schiersteiner Kreuz abfahren und dann hoffentlich bald seine Ladung abliefern konnte. Er atmete tief durch, sofern das mit seiner verstopften Nase ging, und versuchte sich zu entspannen. Was für ein Aufwand, diese ganze Hin- und Herfahrerei, bloß für diese idiotischen Werbeprospekte! Nur damit ein paar pickelige Jugendliche hunderte von Briefkästen mit diesem Müll vollstopfen konnten. Bei den meisten Bewohnern wanderte der sowieso direkt in die Altpapiertonne. Wenn Helmut die paar Euro nicht so gut brauchen könnte, die für seinen Fahrdienst abfielen, hätte er das Ganze schon längst wieder an den Nagel gehängt.

Im Rückspiegel sah er jetzt, wie der graue Wagen dicht hinter ihm abwechselnd nach rechts und links fuhr. Es sah fast aus, als ob er versuchen wollte, an ihm vorbei zu kommen. Was für ein Quatsch!

„Gemach, gemach!" Während er im Schritttempo weiterfuhr, zwirbelte Helmut seine Schnurrbartenden rechts und links im Wechsel und sprach mit seinem Hintermann, als ob der ihn hören könnte. „Davon geht's auch nicht schneller!"

~

„Wie... wie kann das denn sein?", stotterte Frank aufgeregt. „Es ist doch noch viel zu früh! Der Termin ist doch erst in drei Wochen!"

Susanne stöhnte wieder und bäumte sich in ihrem Sitz auf.

„Es hat schon die ganze Zeit so gezogen, seit wir losgefahren sind", erklärte sie. „Ich – ich glaub echt, das sind Wehen!"

„Oh mein Gott!" Frank kurbelte den Wagen hektisch von links nach rechts und wieder zurück. Gab es denn keine Möglichkeit, hier irgendwie vorbeizukommen? Sie mussten schleunigst ins Krankenhaus!

~

Der Regenbogen verblasste allmählich und Sokrates fing wieder an zu maunzen.

„Hey Kleiner, es dauert nicht mehr lange!", versuchte Nele ihren Kater zu beruhigen. „Gleich sind wir zuhause und du kriegst endlich was Leckeres zu fressen!" Schließlich hatte sie das arme Tier nüchtern zur Blutabnahme bringen müssen, bestimmt hatte es einen höllischen Kohldampf.

Der Wagen vor Nele begann plötzlich Schlangenlinien zu fahren, fuhr an und bremste wieder. Es sah fast aus wie ein Spiel: Vielleicht war es Liliana-Marie und Vincent-Thorben an Bord langweilig, und ihr Vater wollte sie unterhalten? Nele schmunzelte über die originellen Namen. In ihrer letzten Kinderyogagruppe hatte es nur so gewimmelt von diesen Doppelnamen, das schien irgendwie modern zu sein.

„Na, soll ich dich auch mal ein bisschen hin- und her schaukeln?", schlug sie Sokrates vor, der sich lautstark beschwerte. Hoffentlich ging es bald mal weiter auf dieser langsamen Strecke, sonst kam sie vor ihrem Yogakurs doch noch in Zeitdruck. Und den konnte Nele von allen Stressarten am allerwenigsten leiden.

~

Julia hielt das Lenkrad mit nur einer Hand fest und drehte gedankenverloren an ihrer blauen Haarsträhne herum. Die Sonne hatte sich wieder hinter die Wolken verzogen und blendete sie nicht mehr; so ließ sich auch die verschmierte Windschutzscheibe  besser ertragen. Es war schon fast vier Uhr. Eigentlich hatte sie um diese Zeit schon bei ihrem Vater sein wollen und müsste ihm dringend Bescheid sagen, dass es später wurde. Aber Telefonieren am Steuer war strengstens verboten – abgesehen davon, dass es Julia viel zu riskant gewesen wäre, während des Fahrens an ihrem Handy herumzufingern.

Der dunkelblaue BMW hinter ihr war jetzt ganz nah dran – viel zu nah. Und die Autobahn hatte sich mittlerweile auf eine Spur verengt, so dass sie nicht darauf hoffen konnte, dass der Wagen schnell an ihr vorbeizog. Allerdings fuhr die Autokolonne inzwischen fast nur noch Stop-and-Go, und das ewige Hin- und Herschalten, Abbremsen und

Wieder-Anfahren verlangte Julia die volle Konzentration ab. Hoffentlich wurde es hinter dem Schiersteiner Kreuz dann endlich besser mit dem Verkehr. Hauptsache, es ging überhaupt nochmal irgendwann weiter!

Oh nein, auch das noch – jetzt hatte sie den Wagen beim Anfahren abgewürgt! Das hatte ja so kommen müssen. Scheiße, scheiße, scheiße! In vorwurfsvollem Rot-Orange leuchtete das Batterielämpchen Julia an. Sie beeilte sich, die Kupplung zu treten und den Zündschlüssel wieder herum zu drehen. Erst beim dritten Versuch gelang es ihr, und mit rasendem Herzklopfen setzte Julia die schleppende und stockende Fahrt fort. Bitte, bitte, bitte, lass das nicht nochmal passieren!, betete sie stumm.

~

Der Kopfschmerz zog den ganzen Nacken hinauf in den Hinterkopf und hämmerte dort unbarmherzig auf Gundula ein. Im Schneckentempo fuhr sie einem kleinen gelben Citroën hinterher. Da die Fahrbahn hier auch noch einspurig wurde, blieb ihr nichts anderes übrig, als sich in das Schicksal zu ergeben und brav hinterher zu schleichen. Irgendwie konnte sie schon ein bisschen verstehen, dass ihr Mann es liebte, auf die Tube zu drücken: Mit so einer kraftstrotzenden Maschine unter dem Hintern war es durchaus reizvoll, sich der Beschleunigung und dem Gefühl von Allmacht hinzugeben.

Immerhin hatte sie jetzt Zeit, in Ruhe einen Schluck von dem nicht mehr ganz so kochend heißen Kaffee zu nehmen. Sie hob den Becher an die Lippen und atmete genussvoll den leckeren Duft ein. Doch gerade als der erste Tropfen in ihren Mund gelangte, stoppte der Citroën vor ihr abrupt, und sie musste hart bremsen.

„Mist!" Eine Welle heißen Kaffees schwappte auf Gundulas Bluse. So ein Ärger! Die ganze helle Bluse war versaut. Natürlich hatte sie nichts zum Wechseln dabei. Obwohl - klar hatte sie etwas dabei, dachte Gundula mit ärgerlicher Miene. Wenn auch nicht für sich, sondern für ihren Mann: Den frischen Schlafanzug, den sie ihm bringen sollte und den Bademantel mit Kapuze, den er sich gewünscht hatte. Wie es wohl ankäme, wenn sie selbst im Schlafanzug im Krankenhaus auftauchte?

Gundula stellte den Becher zurück in die Ablage – sie würde lieber bis zur Ankunft mit dem Trinken warten. Das Zeug war sowieso immer noch verdammt heiß. Dann zog sie ihre Strickjacke so gut es ging über den Kaffeefleck und schaute nach vorne, wo der zitronengelbe Wagen endlich wieder in die Gänge kam.

Kilometer 31,5

(zwischen Ausfahrt 4, Biebrich und 3, Schiersteiner Kreuz)

Im Rückspiegel sah Tom immer noch das nervöse Gesicht des Audifahrers, der dauernd an seiner bescheuerten Krawatte herumzerrte.

„Tja, mein Lieber, jetzt kommst du nicht mehr so schnell an mir vorbei!" Mit einem schadenfrohen Grinsen schnipste er seine abgebrannte Zigarette an den Straßenrand. Dann drehte er die Musik noch lauter, so dass die Bässe ordentlich dröhnten. Zwar kam er nur langsam voran, aber immerhin lief der Verkehr jetzt überhaupt auf dieser schmalen Spur. Und es konnte sich definitiv niemand mehr vor ihn drängeln. Der Abstand zu seinem Vordermann vergrößerte sich sogar, und Tom konnte ein bisschen Gas geben. Aber warum passierte nichts? Er trat das Gaspedal noch ein bisschen heftiger, ohne Erfolg. Ein hässliches kratzendes Geräusch ertönte, das Auto tat einen kleinen Hopser und blieb dann ruckartig stehen. Tom drehte den Zündschlüssel um – nichts. Auch beim zweiten und dritten Mal war dem Wagen noch nicht mal ein Röcheln zu entlocken. Ratlos schaute Tom nach vorne – und sah den Qualm, der an der Motorhaube aufstieg. Verdammt! Das durfte doch nicht wahr sein!

~

Es gab einen dumpfen Knall, und ein unange-  nehmer Stoß fuhr Markus durch alle Knochen, als er auf seinen Vordermann aufprallte.

„Verfluchte Scheiße, was machst du denn da?", schrie er wütend. „Was hältst du denn hier mitten auf freier Strecke?" Er sah den Passatfahrer aussteigen. Doch statt sich zu Markus zu drehen, ging der an die Vorderseite seines versifften weißen Wagens.

„Na warte, Bursche, dir werd' ich's zeigen!", knurrte Markus, schnallte sich hastig ab und stieg aus.

~

Helmut hatte ebenfalls samt einer Packung Papiertaschentücher seinen Lieferwagen verlassen, um zu sehen, was die beiden Kampfhähne da vorne zu diskutieren hatten. Aufgebracht herumfuchtelnd beschimpften sie sich gegenseitig, während es aus der geöffneten Motorhaube des alten Passats bedenklich qualmte. Da kam von hinten jemand völlig aufgelöst auf Helmut zu gerannt.

„Wir müssen hier vorbei, meine Frau kriegt ein Kind!"

„Ihre Frau – WAS?" Helmut drehte sich zu dem silbergrauen Van, der hinter seinem Transporter stand. An der Windschutzscheibe klemmte von innen ein schmutzig-gräuliches Stofftier. Dahinter sah er den Schatten einer Frau, die auf dem Beifahrersitz herum zappelte.

„Ach du Scheiße, das ist aber jetzt ganz ungünstig!" Helmut griff an das spitz zugezwirbelte Ende seines Schnurrbartes und trat unschlüssig von einem Fuß auf den anderen.

Der Familienvater rannte mit rudernden Armen nach vorne und redete auf den Audi- und den Passatfahrer ein. Die beiden waren anscheinend kurz davor, sich die Fresse zu polieren. Jetzt hielten sie allerdings in ihrer Rage inne und starrten den Neuankömmling wütend an. Wenn das mal gut ging!

~

„Das ist mir doch scheißegal! Der Kerl hier hat meinen Wagen kaputt gemacht!", fauchte Markus den Glatzkopf an, der wild gestikulierend angerannt gekommen war und irgendetwas wollte.

„Moooment mal", lenkte der Passatfahrer ein, machte eine beschwichtigende Handbewegung in Markus' Richtung und wandte sich an den Kahlköpfigen. „Was sagen Sie da?"

„Meine Frau bekommt ein Kind!" Die Stimme des Mannes überschlug sich. „Wir müssen sofort ins Krankenhaus!"

Ja ja! Ich hätte auch ganz dringend irgendwohin gemusst, dachte Markus genervt und musterte die verdreckte Schrottmühle vor ihnen.

„Wenn dieser ... HERR mal so freundlich wäre, sein... AUTO wegzufahren, kämen wir alle weiter!" Markus bedachte den Passatfahrer mit einem verächtlichen Blick. „Abgesehen davon, dass Sie für den Schaden an meinem Fahrzeug aufkommen müssen!" Er stellte sich provozierend vor den verwildert aussehenden Burschen, der einen halben Kopf größer war als er und ihn von oben herab ansah.

„WER ist denn hier bei WEM hinten aufgefahren, hä?" Der herablassende Blick seines Gegenübers ließ die Wut in Markus fast überkochen.

„Bitte, hören Sie!", erklang da fast flehentlich die Stimme des Kahlköpfigen. „Wir müssen wirklich ganz dringend vorbei!"

~

Tom schaute hin und her zwischen dem tobenden Anzugmännchen vor ihm, dem hektisch krakeelenden Glatzkopf, der allmählich dünner werdenden Dampfwolke über dem Motor seines Passats und der Fahrbahnbegrenzung links und rechts von der Fahrspur. Da war definitiv kein Platz, um jemanden vorbei zu lassen.

„Sorry, mein Wagen hat den Geist aufgegeben." Er zuckte bedauernd mit den Schultern. „Ich krieg ihn nicht mehr zum Laufen. Und diese Leitplanken", Tom wies auf die massive Randbefestigung, „sind echt zu eng für zwei Autos. Außerdem haben Sie noch den Transporter da vor sich, der ist nochmal ein gutes Stück breiter!" Die zwei anderen Köpfe drehten sich nach hinten, wo ein schnauzbärtiger Typ mit Bierbauch und Baseballkappe neben dem dunkelroten Lieferwagen stand und dämlich in die Gegend glotzte. „Ich wüsste nicht, was ich da machen soll", meinte Tom, „außer auf den Abschleppdienst warten! Sobald meine Kiste weg ist, können Sie ja weiter."

In den Augen des Familienvaters kündigte sich eine kleine Überschwemmung an, und mit verzweifeltem Blick rannte er wieder nach hinten. Dass er es so verdammt eilig hatte, wollte Tom nicht einleuchten. Normalerweise zogen sich diese Geburten doch immer über Stunden, wenn nicht gar Tage hin, nach allem was er so gehört hatte. Da kam es ja wohl nicht auf eine halbe Stunde an!

Vor Tom stand immer noch dieses kleine Audi-Arschloch und faselte wütend irgendwas von Schaden und Versicherung und weiß-der-Teufel was noch. Am liebsten hätte er der aggressiven Schwallbacke eins aufs Maul gegeben. Mühsam beherrschte er sich und schlug einen übertrieben freundlichen Ton an:

„Und was Ihren Wagen betrifft: Wenn Sie zu dämlich sind, auf die Bremse zu treten, kann ich Ihnen auch nicht helfen! Und jetzt lassen Sie mich mal bitte telefonieren, damit wir meine Karre hier weggeschleppt bekommen." Mit diesen Worten drehte sich Tom weg und machte sich daran, sein Handy im Auto zu suchen.

~

Verzweifelt rannte Frank vorbei am Audi und dem Transporter, um nach Susanne und den Kindern zu sehen. Auf dem Rücksitz saßen Vinni und Lilli, beide starr und sprachlos vor Schreck. Susanne krümmte sich auf dem Beifahrersitz und schaute ihn angsterfüllt an.

„Die Wehen...", stammelte sie, „kommen schon so schnell! Ich... weiß... nicht..." Sie warf den Kopf nach hinten und verzog das Gesicht vor Schmerzen. Frank kniete sich auf den Fahrersitz und überlegte fieberhaft, was er tun sollte. Sie saßen hier fest, fernab vom Krankenhaus oder einem Arzt – jetzt musste er alleine zurechtkommen. Wie war das denn noch bei den beiden anderen Geburten gewesen?

„Kann ich irgendwie helfen?" Am geöffneten Fenster der Beifahrerseite tauchte ein besorgtes Gesicht auf. „Gibt es Probleme?", fragte die freundliche Frauenstimme. Frank fiel nichts Besseres ein, als stumm zu nicken. „Geht die Geburt los?" Er nickte noch heftiger.

~

Nele hatte schnell erfasst, was hier los war. Eine Frau unter der Geburt, zwei verängstigte Kleinkinder auf der Rückbank und ein hilfloser Vater. Das ganze untermalt von dem intensiven Geruch nach einer vollgekackten Windel.

„Da vorne geht's nicht weiter", stellte sie mit einem Blick auf die vor ihnen stehenden Autos fest. „Wissen Sie, was da los ist?"

„Kaputtes Auto, steckt fest", antwortete der Mann. „Und man kommt nicht dran vorbei!" Nele nickte.

„Fruchtblase geplatzt?", wandte sie sich dann an die junge Mutter in der pitschnassen Jogginghose, der der Schweiß übers Gesicht lief. Die nickte nur stumm. Dann schloss sie wieder die Augen und presste vor Schmerz die Lippen aufeinander. Offenbar wurde sie schon wieder von einer Wehe überrollt. Schnell öffnete Nele die Beifahrertür und kniete sich neben die Frau.

„Atmen!", sagte sie. „Atmen Sie ganz ruhig!" Sie drückte die Hand der jungen Frau, die mit gespitzten Lippen die Luft ausblies. „So ist es gut!"

„Kennen Sie sich aus?", fragte der Vater von der anderen Seite. Er schaute Nele mit einem so flehentlichen Blick an, dass ihr nichts anderes übrig blieb, als ihm aufmunternd zuzunicken. Er zumindest schien sich nicht auszukennen. Aber Nele war immerhin vor einem halben Jahr bei der Hausgeburt ihrer besten Freundin dabei gewesen. Da hatte alles eigentlich ganz easy ausgesehen, was zu tun war.

„Wir... brauchen einen Platz, wo wir sie hinlegen können", beschloss sie und sah sich forschend nach links und rechts um. „Hier ist

es zu eng." Der Vater schaute sie mit weit aufgerissenen Augen ab-
wartend an.

„Da, der Transporter!", rief Nele. „Fragen Sie mal, ob der Platz hinten drin hat!"

Erst schien der junge Mann nicht zu verstehen, doch dann rappel-
te er sich aus seiner knienden Position vom Fahrersitz auf. Mit ein
paar Schritten war er bei dem schnurrbärtigen Mann, der neben seinem Lieferwagen stand.

~

„Haben Sie Platz hinten auf der Ladefläche?" Atemlos kam jetzt
wieder der Familienvater auf Helmut zugerannt. „Wir müssen meine
Frau irgendwo hinlegen!" Helmut brauchte ein paar Augenblicke, um
zu verstehen.

„Sie meinen, sie soll hier.....?" Er wagte kaum, das Unaussprechli-
che zu denken: Die Frau sollte HIER ihr Kind bekommen?

„Los, machen Sie auf, es ist wichtig!", rief ihm die buntgekleidete
Frau mit der wilden Frisur zu. Sie hockte neben dem Van auf der Bei-
fahrerseite und kümmerte sich offenbar um die werdende Mutter.
Helmut überlegte.

„Also ich hab… Zeitschriften geladen, äh, Prospekte!" Gehorsam
ging er nach hinten und öffnete die Doppeltüre seines Transporters.
Etwa Dreiviertel des Innenraums war gefüllt mit zusammengebunde-
nen Prospektstapeln. Der freie Teil des Laderaums war definitiv zu
klein, um dort eine erwachsene Person hinzulegen. Abgesehen davon, dass der Boden alles andere als sauber war.

„Und wir brauchen ein paar Männer zum Tragen!", rief die Hippiefrau herüber. „Machen Sie ihr ein Lager!"

Helmut sah den glatzköpfigen Familienvater ratlos an. Ein Lager? Woraus denn? Und Männer zum Tragen? Er blickte in die andere Richtung. Da vorne standen nur die beiden Streithammel herum.

~

Markus begutachtete seine kaputte Stoßstange. Der Schaden hielt sich in Grenzen – es war wohl nicht ganz so schlimm, wie sich der Aufprall angefühlt hatte. Wahrscheinlich würde ohnehin die Firma für die Reparatur aufkommen. Dennoch: Wenn dieses Arschgesicht mit seiner verrotteten Karre nicht hier am Freitagnachmittag zwischen hart arbeitenden Menschen herum gegurkt wäre, wäre das alles nicht passiert! Vielleicht hätte Markus es sogar noch in die blöde Praxis geschafft. Er warf dem Passatfahrer, der neben seinem dampfenden Wagen stand, wütende Blicke zu. Naja – eine leise Stimme in ihm wandte ein, dass der Zeitplan auch ohne das defekte Auto nicht funktioniert hätte... Trotzdem! Ärgerlich schüttelte Markus den Kopf.

Aus dem Wageninneren klangen immer noch die Red Hot Chili Peppers. „Dark Necessities" lief gerade. Markus fielen auf Anhieb etliche Necessities zu der aktuellen Situation ein. Abgesehen von dem verpatzten Arbeitstag hatte er einen Mordsdurst, und sein Magen hätte auch einen kleinen Imbiss vertragen können. Das Mittagessen hatte heute wieder mal ausfallen müssen, weil er in dieser Zeit im Wartezimmer einer Praxis auf den werten Herrn Doktor gewartet hatte. Einen von der Sorte, für den Pharmaberater nur wie lästige Schmeißfliegen waren. Arschloch.

„Bitte, könnten Sie uns helfen?" Da kam schon wieder dieser Glatzkopf an, diesmal mit dem Schnauzbart-Rentner aus dem Transporter. Dem Drecksack-Volltrottel-Eintracht-Fan. Zu allem Überfluss trug der jetzt sogar eine Eintracht-Kappe. Auch das noch!

„Kurz vor dem Schiersteiner Kreuz! Ja, Sie müssen von vorne reinfahren, gegen die Fahrtrichtung: Von hinten ist kein Durchkommen! Es ist EINSPURIG hier!" Tom wurde noch wahnsinnig – die Verständigung am Telefon war einfach katastrophal. Hier auf der Fahrbahn standen zwar alle, aber in der Gegenrichtung wälzte sich der Verkehr noch schwerfällig und dröhnend laut voran. „Zwischen Biebrich und Schiersteiner Kreuz sind wir, Richtung Rüdesheim, JA!" Zum Teufel nochmal. Genervt legte Tom auf. Er war gespannt, ob das jemals klappen würde mit dem Abschleppen. Bis so ein Riesenfahrzeug sich einen Weg durch den dichten Feierabendverkehr der Stadt gebahnt hatte, konnte es dauern, besonders wenn es auch noch als Geisterfahrer auf die Autobahn gelangen sollte. Oder sie müssten seinen Passat bis zum Schiersteiner Kreuz und der nächsten Abfahrt schieben – na danke! Tom steckte sich eine Zigarette in den Mundwinkel und kramte in seiner Hosentasche nach dem Feuerzeug. Wenigstens hatte der Motor endlich aufgehört zu qualmen und würde ihnen hoffentlich nicht um die Ohren fliegen.

„Wir müssen meine Frau in den Transporter verlagern!", erklärte der Familienvater aufgeregt, der jetzt einen schnauzbärtigen Rentnertypen im Schlepptau hatte. „Sie bekommt unser drittes Kind! JETZT!"

Oha, das war mal etwas Anderes. Ging es doch schneller als gedacht mit der Geburt? Tom schaute interessiert nach hinten zu dem silbergrauen Van, um den sich jetzt mehrere Leute versammelt hatten.

„Kommen Sie, bitte! Wir brauchen Ihre Hilfe!", jammerte der Glatzkopf. Tom sah, wie sogar der angepisste Audi-Pomadenhengst mit den beiden Männern mitging. Da wollte er mal nicht so sein. Als Tom den Dreien folgte, hörte er im Vorbeigehen aus dem schwarzen Audi die Red Hot Chili Peppers und zog erstaunt die Augenbrauen hoch. Wenn das kein Versehen war, hatte der Schlipsträger immerhin einen passablen Musikgeschmack.

~

Julia saß regungslos am Steuer und beobachtete, wie vor ihr alle möglichen Menschen hektisch hin und her liefen. Was war denn da bloß los? Warum konnten sie nicht weiterfahren? Aus dem grünen  Auto vor ihr war eine Frau mit wallendem buntem Rock und richtigen Rastalocken ausgestiegen und redete offenbar mit der Beifahrerin im Wagen davor. So eine Frisur müsste man haben! Das sah echt richtig cool aus. Dagegen war Julias blaue Strähne total lächerlich.

Jetzt winkte die Rasta-Frau zu ihr herüber. War etwa sie gemeint? Zögerlich stieg Julia aus dem Wagen, sah sich nach links und rechts um, aber die Frau schien tatsächlich sie im Visier zu haben.

„Können Sie mal herkommen?", rief sie, und Julia bewegte sich in dem engen Zwischenraum zwischen dem apfelgrünen Wagen und der grauen Leitplanke nach vorne zu dem silberfarbenen Familienauto, auf dem hinten die beiden Kindernamen standen, die sie vorhin schon gesehen hatte. Vor dem Wagen hantierten ein paar Männer an einem offenen Transporter herum und Julia schaute fragend zu der Rasta-Frau, die wieder aus dem Inneren des Wagens auftauchte, in dem sie mit irgendetwas beschäftigt gewesen war.

„Können Sie ...", die Rasta-Frau stockte und musterte Julia kurz. „Kannst du dich um die Kinder kümmern? Die junge Mutter hier bekommt ein Kind!"

Ach du je. Julia warf einen vorsichtigen Blick in den Wagen und erblickte zwei verschreckte Kinderaugenpaare. Vorne auf dem Beifahrersitz krümmte sich die Mutter in ganz offensichtlich unerträglichen Schmerzen.

„Wenn du die Kinder mal hier rausholst? Die Armen wissen gar nicht was los ist!"

„Ja klar!" Julia nickte. Wenn sie etwas konnte, dann war das Babysitten. Mit neuem Mut öffnete sie die hintere Tür. Der Gestank einer vollen Windel schlug ihr entgegen, und ein kleines Mädchen von etwa zwei Jahren mit triefender Rotznase schaute sie mit großen Augen und zitternder Unterlippe an.

„Du bist bestimmt Liliana-Marie!", sagte Julia sanft. „Magst du mal rauskommen? Ich bin Julia!" Liliana-Marie nickte stumm und zog die Nase hoch; die Unterlippe hörte auf zu zittern. Julia löste den Sicherheitsgurt von dem Kindersitz und streckte dem Mädchen einladend die Arme entgegen.

~

Frank war froh, dass sich jetzt andere den Kopf darüber zerbrachen, was zu tun war. Er war viel zu benommen, um klar denken zu können. Nur undeutlich registrierte er die Stimmen der drei anderen, die vor dem offenen Lieferwagen standen.

„Na dann los!" Der Typ mit Krawatte schob die Ärmel seines Jacketts hoch und stieg auf die Ladefläche. Dort begann er, die Papierstapel auseinanderzuziehen und auf dem Wagenboden zu verteilen.

„Auf meinen Prospekten soll sie liegen? Die muss ich noch ausliefern!" Der Transporterfahrer schien entsetzt.

„Ich hab Müllsäcke im Auto." Der Passatfahrer zog an seiner Zigarette. „Die großen Blauen, eine ganz neue Rolle!"

Frank schaute verwirrt hin und her. An seinem Van stand jetzt eine weitere junge Frau und redete mit der buntgekleideten Helferin. Diese energische Lockenfrau wusste offensichtlich, was sie tat – zum Glück. Vielleicht war ja sie sogar Hebamme! Was Frank durch die Windschutzscheibe von Susanne erkennen konnte, ließ ihn jedenfalls glauben, dass sie gut versorgt war. Und dass sie hoffentlich noch ein bisschen aushielt, bis das Lager im Transporter fertig vorbereitet war.

~

„Ruhig, ganz ruhig", versuchte Nele die junge Mutter zu entspannen, während sie sich selbst darum bemühte, einen klaren Kopf zu bewahren. „Die Männer sind gleich fertig da vorne, dann machen wir Ihnen ein bequemes Bett. Wie heißen Sie denn eigentlich?"

„S... Susanne", presste die Frau zwischen den Zähnen hervor. „Es tut so verdammt weh!"

Nele nickte.

„Ich bin Nele. Keine Panik, wir kriegen das schon hin. Sie haben doch schon zwei Kinder!"

In Susannes Augen flackerte die Angst, und ihr Gesicht verzog sich vor Schmerzen. Ach herrje – vielleicht hatte sie schon schlechte Erfahrungen gemacht?

„Wie... waren denn die anderen Geburten? Ich meine...", Nele biss sich auf die Lippen. Positiv denken. „Ich meine - da ging doch bestimmt alles glatt?"

Susanne nickte schweigend und Nele spürte, wie sie eine Welle der Erleichterung durchlief. Jetzt kam Julia, die junge Helferin, mit dem kleinen Mädchen an der Hand um den Wagen herum und öffnete die Tür hinter Susanne.

„Vincent-Thorben?", hörte Nele Julias sanfte Stimme. Gott sei Dank konnten die armen Kinder endlich raus aus dem Auto. Es musste ja furchtbar sein, wenn sie ihre Mutter so leiden sahen.

„Vielleicht kannst du mit ihnen irgendwas spielen?", raunte Nele nach hinten, wo Julia jetzt den kleinen Jungen aus seinem Sitz befreite.

„Mir fällt schon was ein", gab diese zurück. „Machen Sie sich keine Sorgen, kümmern Sie sich ruhig um..." Nele sah Julias verstörten Gesichtsausdruck, als sie mit einem Kopfnicken auf Susanne deutete. Sie war sicher noch keine zwanzig und hatte bestimmt noch nie eine Geburt so nah erlebt. Obwohl ihr die blaugefärbte Haarsträhne ein leicht verwegenes Aussehen verlieh.

„Au... au... aaah!", stöhnte da Susanne wieder auf und wand sich auf dem Sitz.

„Atmen!", befahl Nele hastig. „Aus – und ein. Aus – und ein. Langsam!" Das Tuch klebte an ihrem schweißnassen Kopf und sie versuchte sich eine vorwitzige Locke aus dem Gesicht zu wischen. Oh Mann, in was war sie hier bloß hineingeraten?

„Sind Sie bald fertig da vorne?", rief Nele den Männern am Transporter zu und hoffte von ganzem Herzen, dass Susanne die Panik in ihrer Stimme nicht registrierte.

~

„Eine Minute!", rief Tom der buntgekleideten Hippie-Frau zu, die sich der werdenden Mutter angenommen hatte. Der ganze Boden des Transporters war jetzt bis auf einen schmalen Rand etwa 30 Zentimeter hoch mit Prospekten gepolstert. Darüber lagen sechs ausgebreitete Müllsäcke, und gerade hatte der Anzugheini noch eine weiche Vliesdecke aus seinem Wagen geholt. Mit den Zähnen riss er die dünne Plastikfolie auf, in die sie verpackt war, und gemeinsam zogen sie die Decke über das improvisierte Lager.

„Also dann, schaffen wir sie rüber?" Tom schaute dem Krawattentypen ins Gesicht – für Animositäten war jetzt keine Zeit. Auch der Schnauzbartträger hatte sich wohl mittlerweile damit abgefunden, dass sein Wagen als Kreißsaal dienen sollte. Nur der kahlgeschorene Familienvater sprang hektisch hin und her, ohne tatsächlich irgendwo etwas Sinnvolles beizutragen. Vielleicht hatte er ja wenigstens einen Krankenwagen oder Notarzt gerufen, auch wenn der vermutlich auch nicht rechtzeitig kommen würde. Der Abschleppwagen jedenfalls ließ weiterhin auf sich warten, die Fahrbahn vor Toms Wagen war nach wie vor gespenstisch leer.

„Kommen Sie, ich brauche zwei bis drei starke Männer!", sagte jetzt die bunte Frau, und ihre Augen begegneten denen von Tom. Smaragdgrün, dachte er nur. Smaragdgrün und durchdringend. Innerhalb einer Millisekunde fand er sich neben der offenen Beifahrertür stehend vor und beugte sich zu der Schwangeren hinunter, die angstvoll hinaufschaute.

„Ich nehm sie unter den Armen und zieh sie raus!", verkündete Tom. „Und ihr zwei packt unten mit an!" Dabei schaute er dem Bürotypen und dem Schnäuzer ins Gesicht. Es war klar, dass ein Widerspruch nicht in Frage kam.

~

„Scheiße, hoffentlich macht mein Rücken das
mit!", dachte Markus, als er sich hinunter beugte, um
die schwangere Frau in den Transporter zu schaffen.
Sie war zwar nicht besonders korpulent, aber der
riesige Bauch ließ sie ungeheuer schwer aussehen.

In die Knie gehen, und mit geradem Rücken aufrichten, wieder-
holte Markus stumm. Wie oft hatte Hannah ihm das eingebläut!
Doch erst in der Reha letztes Jahr hatte er angefangen, diesen Rat-
schlag ernst zu nehmen.

Die Frau war sogar erstaunlich leicht – oder lag es daran, dass
auch der blöde Transporterfahrer jetzt mit anpackte? Markus hielt
mit einer Hand einen Oberschenkel der Frau. Seine andere Hand
hatte eben dieser Schnauzbärtige unter der Hüfte der Schwangeren
gepackt, so dass sie gemeinsam etwas wie eine Trage bildeten. Markus wusste nicht, was er ekliger fand: Die nasse Jogginghose der Frau
(hatte die sich etwa eingepinkelt?), oder die Hand eines Eintracht-
Fans zu halten.

Irgendwie schafften sie es, das ächzende Bündel in den Lieferwagen zu hieven und auf das improvisierte Lager zu betten. Dirigiert
wurde die ganze Aktion von einer wild gelockten und gemusterten
Häkel-Tussi. Als Markus kapierte, dass das die Atomkraft-nein-
Danke-Kuh aus dem grünen Corsa war, die ihn vorhin ausgebremst
hatte, bedachte er sie mit einem bitterbösen Blick. Aber sie schien
sich nicht darum zu scheren, sondern war voll auf die Schwangere
konzentriert. Gemeinsam mit ihr und dem werdenden Vater verschwand sie schließlich im Laderaum und zog die Doppeltür hinter
sich zu.

Markus atmete tief durch. Im Nachhinein war es ganz gut, dass er die Vliesdecke doch noch nicht entsorgt hatte. Gemeinsam mit anderen Werbegeschenken seiner Firma, die er mittlerweile nicht mehr an die Ärzte austeilen durfte, hatte sie noch im Kofferraum herumgelegen und auf ihren Einsatz gewartet. Eine solche Art der Verwendung hätte sich Markus allerdings niemals träumen lassen!

Der Lieferwagenfahrer mit seinem affigen Schnäuzer war knallrot angelaufen vor Anstrengung, und die Kappe mit dem Eintracht-Geier war ganz verrutscht. Geschah ihm recht: Nur noch wenige Stunden, dann konnte er sich genauso gut ein gerupftes Huhn auf die Mütze kleben. Diesen Eintracht-Pfeifen würden es die Mainzer schon zeigen!

~

„So, jetzt machen wir es dir erst mal bequem", sagte Nele zu Susanne und strich ihr über die verschwitzte Stirn. Dann wendete sie sich an den jungen Vater.

„Helfen Sie ihr mal, sich richtig hinzulegen. Und geben Sie mir Ihren Pulli!"

Der Mann schaute sie irritiert an, doch er gehorchte: Er zog sich den Pulli über den Kopf und reichte ihn Nele herüber.

„Wie heißen Sie?" Nele schob den Pulli als Kissen unter Susannes Kopf und nickte, als er ihr seinen Namen nannte. Von einer weiteren Wehe gebeutelt und mit schmerzverzerrtem Gesicht krallte sich Susanne in die Hand ihres Mannes.

„Susanne? Geht's dir gut?", fragte er ängstlich. Er bekam nur ein Stöhnen und Wimmern zur Antwort, während Nele seiner Frau leise Anweisungen zum kontrollierten Atmen gab.

„Kommen Sie, Frank, helfen Sie mir, sie auf die Seite zu drehen!", sagte Nele, als die Wehe vorbei war. Der Typ war irgendwie keine große Hilfe, und auch Susanne schien die Gegenwart ihres Mannes nicht unbedingt zu beruhigen. Umso wichtiger war es jetzt, dass Nele ihre eigene Nervosität unter Kontrolle behielt.

„Und dann sehen Sie zu, ob Sie irgendwo Wasser auftreiben können", bat sie Frank, um einen ruhigen und bestimmten Tonfall bemüht. „Und Tücher, möglichst saubere. Bitte, schauen Sie, was Sie finden können!"

Endlich hatten sie es geschafft, Susanne in eine bequemere Position zu bringen, und die werdende Mutter lag zitternd auf der dünnen Vliesdecke.

„Und vielleicht noch eine Decke, wenn's geht, zum Drüberdecken!", rief Nele Frank hinterher, als er aus dem Transporter krabbelte. Puh, wenn das mal alles gut ging!

~

Helmut schnaufte noch immer. Es war ganz schön anstrengend gewesen, die Schwangere in seinen Wagen zu hieven. Dabei hatte er sogar diesem Arschloch von Audifahrer die Hand reichen müssen, sonst hätten sie es nicht gepackt. Und jetzt lag die Frau da drinnen auf seinen Werbeprospekten, die eigentlich schon längst in Wiesbaden hätten sein sollen. Statt ausgetragen zu werden und ein paar Schülern ihr Taschengeld zu sichern, würden sie vielleicht bald von Fruchtwasser und Blut durchtränkt – igittigitt! Obwohl sie es mit Hilfe der Müllsäcke ganz gut abgedichtet bekommen hatten. Aber wer wusste schon, was da drinnen noch alles passieren würde.

Seufzend schaute Helmut auf seine Armbanduhr. Wenn er so spät zum Stadion kam, würde es schwer sein, einen Parkplatz zu finden. Nicht auszudenken, wenn er zu spät zu dem lange erwarteten Fußballspiel käme! Und seine Kumpels wären bestimmt stinksauer, schließlich hatte er die Karten für sie alle. Er hatte keine Ahnung, wie es jetzt weiterging. Selbst wenn dann das Baby auf der Welt war, mussten Mutter und Kind doch irgendwie in ein Krankenhaus gebracht werden! Unwahrscheinlich also, dass er so bald aus dieser Nummer raus kam. Es war höchste Zeit, dass er seine Kumpels anrief und sie vorwarnte. Helmut ging zur Fahrertür seines Transporters und stieg ein. Vielleicht fand er im Wagen ja auch das Nasenspray.

~

Frank ärgerte sich schwarz, dass er sich nicht besser auf die Geburt vorbereitet hatte. Natürlich war er davon ausgegangen, dass all dies in der Klinik passieren würde, wie bei den beiden anderen Kindern auch. Dass genügend Ärzte und Hebammen vor Ort wären, und wen auch immer man sonst noch dafür brauchte. Wer konnte auch auf die Idee kommen, dass das Baby derart spontan war!

„Hat vielleicht jemand was zum Trinken dabei?" Zwei von den drei Männern standen noch am Transporter, als er von der Ladefläche kletterte und die Tür hinter sich wieder anlehnte. „Und sie brauchen Decken oder Tücher oder sowas!"

„Zu trinken hab ich im Auto", antwortete der Typ mit den ungekämmten Haaren. Der Audifahrer verschwand kurz an seinem Wagen, um gleich darauf wieder mit vier Packungen Zellstofftüchern aufzutauchen. Auf den grellgrünen Boxen prangte in überdimensionalen Buchstaben der Aufdruck „AntiDolorix".

„Sind Werbegeschenke, hab ich übrig", erklärte er dazu und drückte Frank die Packungen in die Hand. Der reichte sie schleunigst durch die angelehnte Lieferwagentür nach innen.

„Und das hier hätte ich auch noch!" Der Krawattenträger zog noch zwei Plastikpackungen mit Desinfektionstüchern aus der Tasche seines Jacketts. Der Passatfahrer zauberte inzwischen einen Getränkekasten aus seinem Auto hervor. Na also, das ließ sich doch gut an!

~

Julia hatte jetzt zwei kleine Racker an der Hand, von denen der eine bis zum Himmel stank.

„Vincent, ihr habt doch bestimmt eine Wickeltasche für deine Schwester im Auto, oder?", fragte sie den kleinen Jungen. Er nickte stumm, rührte sich aber nicht von der Stelle. Immer noch wie gebannt starrte er auf die Türen des Transporters, hinter denen seine Mutter verschwunden war.

„Komm, dann schauen wir mal im Kofferraum. Weißt du vielleicht, wie der aufgeht?" Jetzt kam Leben in den kleinen Kerl. Er zog Julia hinter den Wagen und drückte gezielt den richtigen Knopf. Zwischen riesigen Pappkartons mit Ikea-Möbeln fand sich tatsächlich eine rosafarbene Wickeltasche. Unschlüssig stand Julia davor, an jeder Hand ein Kind. Sollte sie den Jungen daneben stehen lassen, während sie das Mädchen wickelte? Oder konnte ihr vielleicht jemand ein Kind abnehmen? Die Männer am Transporter waren alle nach vorne verschwunden, außer dem mit Jackett und Krawatte. Der stand noch daneben und wischte auf seinem Smartphone herum.

„Entschuldigen Sie!", rief sie ihn kurz entschlossen an. „Könnten Sie mir mal helfen?" Er schaute von seinem Handy auf, blickte sich um, als ob er sich nicht sicher war, ob er selbst gemeint war, und kam dann mit fragendem Gesichtsausdruck auf Julia zu. Auweia, wie ein passender Kinderbetreuer sah der nicht gerade aus.

„Könnten Sie einen Moment auf den Jungen hier aufpassen? Ich muss dringend die Kleine wickeln. Es geht auch ganz schnell", beeilte sie sich hinzuzufügen, als sie die unwillige Miene des Mannes sah. Dann ging sie in die Hocke und schaute dem Kleinen ins Gesicht.

„Guck mal Vincent, das ist... wie heißen Sie?", fragte sie nach oben, und der Mann nannte ihr seinen Vornamen. „Das ist Markus, der spielt jetzt kurz mit dir!" Damit drückte sie dem verdatterten Markus eine schmierige Kleine-Jungen-Pfote in die Hand und führte Lilli samt Wickeltasche zu ihrem Auto, um sie endlich aus ihrer vollen Windel zu befreien.

~

Seit die Autokolonne zum Stehen gekommen war, waren mittlerweile bestimmt zehn Minuten vergangen. Alle möglichen Leute waren vor Gundula wie aufgescheuchte Hühner an den Autos herumgelaufen. Sie blieb lieber sitzen, wollte nicht auch noch  an der allgemeinen Völkerwanderung teilnehmen. Es konnte ja nicht ewig dauern, bis es hier endlich wieder weiter ging. Sie massierte sich die Schläfen und den verspannten Nacken und beobachtete das Geschehen. Hätte sie doch bloß ihre Kopfschmerztabletten mitgenommen! Selbst auf die Gefahr hin, dass sie davon Magenkrämpfe bekam – heute hätte sie das als das geringere Übel empfunden.

Ihr Mann würde bestimmt schon ungeduldig auf sie warten. Mit so einer Verzögerung hatte sie wirklich nicht gerechnet. Sonst hätte sie doch ihr Handy eingesteckt und ihm Bescheid gesagt! Falls es noch länger dauerte, müsste sie vielleicht einen der hier Anwesenden um Hilfe bitten. Diese jungen Leute heutzutage hatten ja normalerweise alle ein Smartphone. Bestimmt konnten sie ohne große Mühe die Telefonnummer der Klinik ausfindig machen.

Jetzt kam das junge Mädchen aus dem gelben Citroën zurück. Mit einem Kleinkind an der Hand. Die hatte doch beim Aussteigen kein Kind dabei gehabt! Irgendetwas ging da nicht mit rechten Dingen zu! Gundula fasste sich ein Herz, raffte ihre Strickjacke zusammen, so dass die verkleckerte Bluse nicht so auffiel, und stieg aus.

~

„Papa!", rief Lilli, als Frank auf seiner Suche nach den Utensilien, die Nele von ihm verlangt hatte, an dem kleinen gelben Auto angekommen war. Hier lag seine kleine Tochter auf dem Rücksitz und bekam von dem jungen Mädchen gerade eine frische Windel verpasst.

„Hey, Lilli", sagte Frank zerstreut, dann wandte er sich an das Mädchen: „Können Sie mir gleich die Wickeldecke geben? Wir brauchen sie für meine Frau!"

Es war seltsam für ihn zu sehen, wie ein wildfremder Mensch seiner Tochter die Scheiße vom Hintern wischte. Dieser Mensch sah ihn auch noch mit einem Gesichtsausdruck an, als wenn er – der Vater dieses Kindes - ein Eindringling bei dieser intimen Szene wäre.

„Ich hab einen Schlafsack dabei, vielleicht können Sie den brauchen?", schlug das Mädchen jetzt vor.

„Ja, gerne!", erwiderte er erfreut. „Den können wir bestimmt gebrauchen!" Susanne fror immer so. Je mehr man sie warmhalten konnte, umso besser war es sicherlich.

„Kann ich irgendwie helfen?", meldete sich jetzt eine ältere Dame, die aus dem nächsten Wagen ausgestiegen war. „Was ist denn hier eigentlich los?"

„Danke, danke!", gab Frank nur zurück, und nahm den weichen Schlafsack entgegen, den ihm Lillis Babysitterin reichte. „Ich muss wieder zurück!" Damit überließ er es dem Mädchen, der neuen Besucherin die Lage zu erklären.

~

Erst war Markus ja völlig perplex gewesen, als er sich um den Jungen hatte kümmern sollen. Aber dann hatte er diese Eingebung gehabt.

„Das ist der Scheibenwischer", erklärte er jetzt dem kleinen Rotzjungen namens Vincent-Thorben, der auf dem Fahrersitz des Familienvans auf Markus' Schoß saß und sich mit beiden Händen am Lenkrad festhielt. Begeistert drückte Vincent den Hebel und sah zu, wie der Scheibenwischer mit einem quietschenden Geräusch über die Scheibe fuhr.

„Du musst noch Wasser dazu tun. Guck, zieh mal hier!" Markus zeigte ihm, wie er die Scheibenwaschanlage betätigte. Der Junge brach in glucksendes Gelächter aus, als sich tatsächlich ein breiter Sprenkelregen über die Scheibe ergoss.

„Nochmal!", schrie er begeistert und zog gleich nochmal am Hebel. Dann fing er an, ein Brummgeräusch mit den Lippen zu machen und das Lenkrad hin und her zu drehen. Mit einem Schmunzeln sah Markus, wie ein Sprenkelregen jetzt nicht nur von außen, sondern auch von innen die Scheibe benetzte. Was soll's, ist ja nicht mein Auto, dachte er. Der Junge hatte jedenfalls ganz offensichtlich Spaß.

„So, da bin ich wieder!" Das Mädchen mit der blauen Haarsträhne erschien neben Markus an der Fahrertür des Vans. Die kleine Liliana, oder wie sie hieß, saß auf ihrer Hüfte. „Soll ich wieder übernehmen?"

„Och, ist schon okay", hörte Markus sich sagen. „Momentan kann ich eh nichts anderes machen." Stimmte doch auch. Hannah hatte er eben nicht erreicht. Und da es mit dem Praxisbesuch nicht mehr geklappt hatte, gab es tatsächlich nichts mehr zu tun als abzuwarten, dass er irgendwann nach Hause kam.

„Will auch!", krähte jetzt die Kleine und streckte verlangend eine Hand nach dem Lenkrad aus.

~

„Cola gefällig?" Nachdem Tom dem blaugesträhnten Mädchen eine Flasche in die Hand gedrückt hatte und der Familienvater wieder hinten im Transporter verschwunden war, bot er sogar dem Audifahrer eine Cola an. Der saß mittlerweile im Familienvan und spielte mit den beiden Kleinen Autofahren. War ja irgendwie nett, dass er sich um die Kids kümmerte, da sollte er dann auch nicht verdursten.

„Hey, ich hab noch Kekse!", rief da das Mädchen und verschwand zwei Autos weiter in ihrem gelben Gefährt. Kurz darauf tauchte sie mit einer kompletten Rolle Doppelkekse wieder auf. Mmmmh, Doppelkekse! Wer konnte da schon widerstehen? Auch die ältere Dame, die mittlerweile mit ihnen herumstand, nahm einen an. Offenbar wartete auch sie darauf, dass es Neuigkeiten aus dem Transporter gab. Kaum hatte Tom das gedacht, da öffnete sich die Lieferwagentür einen Spalt und das Rastalockengesicht mit den unwahrscheinlich grünen Augen tauchte auf.

„Kann vielleicht mal jemand die CD aus meinem Auto holen? Und hier vorne einlegen?"

Das ließ sich Tom nicht zweimal sagen. Mit wenigen Schritten war er an dem kleinen grünen Corsa, dessen Fahrertür wie bei allen anderen auch sperrangelweit offenstand. Auf dem Beifahrersitz fand er eine Transportbox vor, aus der es jämmerlich miaute.

„Ach herrje, wer bist du denn?", fragte er und schaute von vorne durch das Gitter in die Box. Ein komplett schwarzes Katzengesicht mit gelben Augen blickte ihn an und maunzte vorwurfsvoll. „Tja, ich glaub nicht, dass ich dich hier rauslassen kann, meine Kleine. Da musst du noch ein bisschen aushalten. Deine Katzenmama ist grad anderweitig beschäftigt!"

Tom drückte am CD-Player auf „Open" und nahm die CD heraus. „Traumreise: Die vollkommene Entspannung", las er auf der Oberseite und verzog den Mund zu einem schiefen Grinsen. Na, das passte ja sicher perfekt für eine Geburt auf der Autobahn.

~

Helmut verstaute das Nasenspray in seiner Hosentasche, hängte seine Eintracht-Kappe über den Schalthebel und begutachtete seinen Schnauzbart im Rückspiegel. Mit Hilfe der ungarischen Bartwichse aus dem Handschuhfach hatte er ihn ganz gut wieder in Form zwirbeln können. Und dank des Nasensprays musste er ihn sich hoffentlich nicht gleich wieder neu ruinieren. Er bemühte sich, das Gestöhne aus dem Laderaum, das trotz Trennwand kaum zu überhören war, nicht weiter zu beachten. Hoffentlich fand dieses Drama bald ein Ende. Bis auf die beiden Autos vor ihm war auf der Fahrbahn in Richtung Schiersteiner Kreuz allerdings nichts in Sicht, und auch von hinten hörte man keine Sirene sich nähern. Kein Abschleppwagen, kein

Krankenwagen. Lange durfte es doch wohl nicht mehr dauern, bis Hilfe kam? Es war bestimmt schon eine Viertelstunde her, dass Helmut den struppigen Jeanstyp aus dem vergammelten Passat hatte telefonieren sehen. Ausgerechnet der stieg jetzt plötzlich zu ihm ins Führerhaus und machte sich ohne ein Wort am CD-Player zu schaffen.

„Was soll das bitteschön geben, wenn's fertig ist?", fragte Helmut und kassierte einen irritierten Blick. Als ob es nicht sein gutes Recht war zu wissen, was hier in seinem Wagen vor sich ging!

„Für die da hinten!", meinte der Typ schließlich mit einer Kopfbewegung Richtung Heck. Unmittelbar darauf ertönte ein grauenhaftes Tongemisch aus den Lautsprechern. Sphärenklänge, Fiedeln, Harfen - esoterische Scheißdreck-Musik. In seinem Auto! Der Typ grinste nur frech und drehte noch ein bisschen lauter. „Wurde von der Geburtshelferin so bestellt!"

Auf Helmuts entsetzten Blick antwortete der Passatfahrer mit einer Zigarettenschachtel, die er ihm einladend hinhielt.

„Ich bin übrigens Tom. Und wie heißt du?"

~

„Kann sich vielleicht jemand um die Katze da im Auto kümmern?", hatte Gundula den Mann rufen gehört, als er von dem grünen Corsa wieder nach vorne gegangen war. Eine Katze? Nachdem sie nun von dem Mädchen namens Julia wusste, was Sache war, und die kleinen Kinder gut betreut waren, könnte sie sich ja anderweitig nützlich machen. Sie hatte doch noch die Salami im Auto, die ihr Mann sich gewünscht hatte, weil das Krankenausessen immer so fad war. Vielleicht konnte sie damit die kleine Katze erfreuen? Und dann musste sie ganz dringend ihrem Mann Bescheid geben, dass ihr Besuch sich verzögerte. Vielleicht würde sie den gut gekleideten Herrn mit dem Jackett mal fragen. Bei dem hatte sie auf jeden Fall so ein Smartphone gesehen.

Immerhin war bei all der Aufregung ihr hämmernder Kopfschmerz in den Hintergrund gerückt. Gundula spürte nur noch ein leises Pochen, wenn sie sich darauf konzentrierte. Vielleicht war ja Ablenkung auch eine gute Medizin.

~

„Super. Aber Wasser hast du keins gefunden?", fragte Nele Frank, als er ihr das Ergebnis seines Beutezugs in den Lieferwagen brachte.

„Geh doch bitte nochmal gucken! Ach so, und in meinem Wagen ist auch noch eine Thermoskanne mit Kräutertee, die bitte auch!"

Immerhin hatte er eine Flasche Cola gebracht, von der Susanne schon gierig getrunken hatte. Hastig entrollte Nele den Schlafsack und bot ihn Susanne zum Zudecken an. Die aber schüttelte den Kopf und richtete sich auf. Offensichtlich wollte sie nicht mehr liegen.

„Was ist – mit – meinen – Kindern?", stieß sie zwischen zwei Wehen hervor. „Wo sind sie?"

Nele legte ihr beruhigend die Hand auf die Schulter.

„Wir haben eine super Babysitterin für die zwei. Julia heißt sie. Es ist alles in bester Ordnung." Oh Mann, wie lange dauerte eigentlich so eine Geburt? Nele hatte keine Ahnung, wie spät es war, aber es kam ihr wie eine Ewigkeit vor. Eins war klar: Der nächste Fortbildungskurs, den sie besuchen würde, war Yoga für Schwangere!

~

Julia saß jetzt neben Markus in dem silbergrauen Familienauto, und jeder von ihnen hielt ein Kind auf dem Schoß, das aufgedreht herum hopste.

„Ich müsste unbedingt mal meinen Papa anrufen, der macht sich bestimmt schon Sorgen!", sagte Julia.

„Mach ruhig, ich krieg das hier auch grad alleine hin", erklärte Markus. Sie hätte nie gedacht, dass dieser Typ sich so gut als Babysitter machen würde. Als Julia aus dem Auto stieg, um ihr Handy zu holen, tauchten vorne der Schnauzbart und der Typ mit den strubbeligen Haaren auf, der die Cola spendiert hatte. Außerdem kam Frank, der Familienvater, wieder aus dem Lieferwagen gekrabbelt. Er hatte das Gesicht voll hektischer roter Flecken und sah nicht so aus, als wenn er die Situation im Griff hatte.

„Wasser hat keiner von euch zufällig dabei, oder?", fragte er in die Runde und blickte sich mit fahrigen Bewegungen um. „Eine kleine Flasche müssten wir noch hier im Wagen haben." Mit diesen Worten tauchte er auf den Rücksitz seines Wagens und zog eine bunte Kinderflasche aus der Sitzablage.

„Nein, das ist meine!", schrie Vincent-Thorben, als er sah, dass sein Vater mit der Flasche abziehen wollte. Aufgeregt kletterte er von Markus' Schoß und rannte hinter seinem Vater her, doch da fing ihn der Passatfahrer ab, wirbelte ihn herum und fragte: „Na, willst du auch mal ein richtiges Auto sehen?"

~

Jetzt war Markus doch ganz froh, den kleinen Plagegeist mal los zu sein. Die kleine Lilli war wesentlich leichter als ihr Bruder, und es tat nicht ganz so weh, wenn sie auf seinen Oberschenkeln herum trampelte. Trotzdem hatte er jetzt auch genug vom Autofahren-Spielen und hob Lilli aus dem Wagen, während sie sich an seinem Kragen festklammerte. Es fühlte sich gar nicht so schlecht an, ein Kind auf dem Arm zu halten!

Da öffnete sich die Wagentür des Transporters erneut und die Öko-Frau schaute heraus.

„Frank?", rief sie, und ihre Stimme klang ziemlich dringlich. Markus schaute sich um. Vermutlich meinte sie den Kindsvater.

„Der ist da hinten, am grünen Auto!", meldete er. Frank tauchte mit einer Thermoskanne unter dem Arm aus dem Corsa auf. Aus dem Lieferwagen klang ein lautes Stöhnen.

„Hey, hat jemand ein Seil dabei oder sowas?", fragte die Hippiefrau jetzt. Wie bitte? Ein Seil?

„Da, Sie!" Der ausgestreckte Finger der Esoterik-Trulla zeigte eindeutig auf Markus. Ihre wilden Locken und das bunte Kopftuch verwirrten ihn noch mehr. „Ihre Krawatte! Die brauchen wir!"

Markus sah verdattert an seiner Krawatte herunter. „Meine Krawatte?"

„Ja, schnell, her damit!" rief sie. Er spürte, wie jemand von der Seite an ihn herantrat und ihm das kleine Mädchen abnahm.

„Na los, machen Sie schon!", forderte ihn die ältere Dame auf, und kopfschüttelnd begann er die Krawatte zu lösen. Die Struwwelpeterfrau riss sie ihm förmlich aus den Händen, als er näher trat.

„Und Kaffee!", rief sie dann, nach einem kurzen Blick in den Wagen. „Hat jemand Kaffee? Möglichst schwarz und heiß!"

~

Gundula überlegte zwar kurz, was das jetzt für einen Sinn hatte, doch dann drückte sie das kleine Mädchen schnell wieder dem jetzt krawattenlosen Businessmann in den Arm, und lief zurück zu ihrem Auto, um den Thermobecher mit Kaffee zu holen. So richtig heiß war er zwar nicht mehr, aber doch noch ziemlich warm. Sie erreichte den Lieferwagen gleichzeitig mit dem kahlköpfigen Vater, der mit einer Thermoskanne unter dem Arm in den Wagen kletterte.

„Hier, nehmen Sie das noch! Schwarzer Kaffee!" Gundula erhaschte einen Blick ins Wageninnere: Dort war die Frau mit der wilden Frisur gerade dabei, die Krawatte an einem Deckenhaken zu befestigen. Die Schwangere kniete derweil am Boden und stöhnte laut. Oh je – wenn sie sich an die Geburt ihrer Tochter damals zurück erinnerte, spürte sie noch heute diese grässlichen Schmerzen. Fast vierzig Jahre war das mittlerweile her, und doch fühlte es sich so an, als wäre es gestern gewesen. Gegen diese Qualen war das Hämmern in ihrem Kopf, das sich immer noch penetrant alle paar Minuten meldete, ein Spaziergang.

„Bleiben Sie hier in der Nähe?", hörte Gundula da leise die Stimme der Geburtshelferin. „Könnte sein, dass ich noch Hilfe brauche!" Sie empfing einen eindringlichen Blick aus tiefgrünen Augen und nickte. Eigentlich hatte sie den Krawattenmann ja fragen wollen, ob er in der Klinik anrufen könnte, aber der war mit dem kleinen Mädchen auf dem Arm schon wieder nach vorne verschwunden. Egal: Das hier schien doch dringender zu sein als ihrem Mann Bescheid zu sagen. Selbstverständlich würde sie in der Nähe bleiben!

~

Tom und der Audifahrer standen jetzt zusammen mit den beiden Kleinkindern zwischen ihren Autos und schienen sich angeregt zu unterhalten. Helmut verstand die Welt nicht mehr. Vorhin wollten sie sich noch die Köpfe einschlagen, und jetzt standen sie da einträchtig beieinander, nur begafft von den Fahrern der Gegenfahrbahn, die langsam durch ihren Stau in die andere Richtung rollten. Was für eine verrückte Situation das hier aber auch war! Die Eso-Musik aus den Lautsprechern ging Helmut ziemlich auf die Nerven, auch wenn sie das Stöhnen und Jammern aus dem Laderaum etwas übertönte. Er beschloss, mal lieber auf der Rückseite des Transporters nach dem Rechten zu sehen.

„Ach, gut, dass Sie kommen!", empfing ihn die Stimme einer älteren Dame, die dicht neben der Tür stand. „Sind Sie so nett und holen aus meinem Wagen die Reisetasche, die auf dem Rücksitz liegt?" Sie sah ihn bittend an. „Der BMW da hinten, hinter dem kleinen gelben Wagen. Ich kann hier gerade nicht weg!"

Helmut seufzte und tat, wie ihm geheißen. Aus dem grünen Corsa miaute es, und neben dem gelben Citroën stand das blonde Mädchen und telefonierte. Als er mit der Reisetasche zurück zum Transporter kam, klopfte die Dame an die Tür des Wagens.

„Ich hab hier frische Wäsche, wenn Sie was davon brauchen!"

Das gerötete Gesicht des Glatzkopfs tauchte auf und er nahm ohne Kommentar die Tasche entgegen.

„Und sie will noch irgendwelche Creme, irgendwas zum Einschmieren!", verkündete er.

„Hm – ich hätte da vielleicht was", überlegte Helmut laut und griff sich an den Schnurrbart.

„Her damit!", rief eine Frauenstimme aus dem Inneren des Wagens, und Helmut spurtete nach vorne zu seinem Führerhäuschen, um die ungarische Bartwichse aus dem Handschuhfach zu holen.

~

Als Julia vom Telefonat mit ihrem Vater zurück kam, fand sie den Schnauzbärtigen und die nette Dame ins Gespräch vertieft vor.

„Seit mein Mann im Krankenhaus ist, ist das alles liegengeblieben bei uns zuhause", beklagte sie sich. „Es sieht aus wie auf einer Baustelle!"

„Nach Bad Homburg ist es nur ein Katzensprung von mir aus", erwiderte er. „Und ich wäre froh, mal wieder ein bisschen schreinern zu können!"

„Oh, das wäre einfach wunderbar!", schwärmte sie, als plötzlich die Tür des Transporters aufging und ein totenbleicher Frank hinaus taumelte. Dahinter tauchten die wirren Haare von der coolen Rastafrau auf.

„Bitte, kommen Sie rein, ich brauche jemanden mit guten Nerven!", wandte sie sich an die Dame mit der verkleckerten Bluse. „Der kollabiert mir sonst gleich!" Sie nickte zu Frank hinüber, der sich mühsam auf der Motorhaube seines Vans abstützte. Ohne zu zögern stieg die Kaffeefleckdame in den Wagen, und die Tür schloss sich hinter ihr.

Der Schnauzbarttyp und Julia sahen sich an. Als ob sie sich abgesprochen hätten, gingen sie beide auf Frank zu, packten ihn jeder unter einem Arm und zogen ihn mit nach vorne zu den anderen beiden Männern und zu seinen Kindern.

~

Wie in Trance ließ sich Frank nach vorne schleifen. Was für ein Albtraum das war mit der keuchenden und leidenden Susanne! Das konnte ja kein Mensch ertragen mit anzusehen! Umso überraschter war er über das Bild, dass sich ihm jetzt bot, als sie den Transporter passierten: Zwischen Audi und Passat saßen die beiden Fahrer auf der Straße, an die Leitplanke gelehnt. Jeder hatte eine Jacke untergelegt und ein Kind auf dem Schoß. Die Kinder knabberten jedes an einem

Doppelkeks, und alle gemeinsam schauten einen großen Bildband an. Jetzt hob der Zerzauste mit dem Dreitagebart den Kopf.

„Zigarette?", fragte er und hielt Frank seine Schachtel hin.

„Nee, davon wird mir nur noch schlechter!", erwiderte er, und setzte sich neben die vier auf die Leitplanke. „Was guckt ihr denn da an?"

~

„Guck mal Papa, da sind ganz viele Babys drin!" Der kleine Junge zog seinen Vater zu sich herab, um ihm das Buch zu zeigen. Tom stand auf und gab seinen Platz für den gebeutelten Papa frei.

„Rauchst DU eine mit?", fragte er Helmut, der nervös an seinem Schnäuzer herum nestelte und das Angebot dankend annahm.

„'Ein Kind entsteht' – diese berühmte Fotodokumentation", erläuterte Tom und wies auf den Bildband, zu dem sich jetzt auch das blaugesträhnte Mädchen interessiert hinab beugte.

„Sowas fährst du mit dir durch die Gegend?", fragte Helmut erstaunt, und Tom zuckte mit den Schultern.

„War in einer Bücherkiste, die ich abgestaubt hab. Kaufe so Zeug bei Haushaltsauflösungen und so, und verscherbel es dann weiter."

Helmut pfiff durch die Zähne. „Was hast du denn noch so dabei?"

„Och, Krimis zum Beispiel, die gehen immer. Willst du mal gucken?"

Helmut nickte, und Tom ging mit ihm zu seinem verbeulten Passat und öffnete den Kofferraum.

~

Markus schaute auf, als Frank sich neben ihn setzte und die beiden anderen Männer sich am Kofferraum von Tom zu schaffen machten. Vorhin hatte er schon neidisch den Plattenstapel gesehen, der neben der Bücherkiste im Passat stand. David Bowie, Alice Cooper, Nirvana: Alle möglichen seiner Lieblingsbands waren da vertreten, sogar die Peppers waren dabei. Die hörten sich auf dem guten alten Vinyl noch tausendmal besser an als auf CD. Was für ein cooler Job das sein musste, wenn man wie Tom statt Medikamenten alte Platten und Bücher weiterverticke! Ganz abgesehen davon, dass der sein eigener Herr war und keine Besuchszahlen oder Umsatzwerte vorgegeben hatte.

„Guck, an so einem Seil hab ich auch gehangen!", erklärte jetzt Vincent seiner kleinen Schwester, und fuhr mit seinem speckigen kleinen Finger über ein großformatiges Foto, auf dem ein Baby mit dicker Nabelschnur im Fruchtwasser schwimmend zu sehen war. „Und hier ist noch mein Druckknopf!" Er zog sein schmuddeliges T-Shirt aus dem Hosenbund und suchte auf dem prallen Kinderbäuchlein nach seinem Bauchnabel. Lilli, die auf Markus' Schoß saß, beeilte sich natürlich, es ihm gleichzutun, und Markus überlegte leicht beunruhigt, ob sie gleich alle würden ihre Bauchnäbel entblößen müssen.

~

„Na, kannst du auch was zum Lesen gebrauchen?", fragte der Passatfahrer Julia, die jetzt ebenfalls zu seinem geöffneten Kofferraum gekommen war und neugierig seine Schätze begutachtete.

„Ich würde ja gerne", sagte sie. „Aber wenn ich jetzt was Spannendes anfange, kann ich wieder nicht aufhören. Und leider muss ich am Wochenende fürs Abi lernen."

„Was musst du denn lernen?"

„Geschichte. Deutsches Kaiserreich und so ein Mist. Ziemlich ätzend." Der Mann zog die Augenbrauen hoch.

„Ich glaub, da hab ich was für dich!" Er ging an die Seite des Wagens und fischte eine kleine Kiste mit CDs aus dem hinteren Fußraum.

‚Deutsche Geschichte in 10 Bänden', stand auf einem Pappschuber.

„Hab hier mal ein paar Hörbücher mitgenommen. Geschichte find ich nämlich selber interessant. Guck doch mal, ob hier das dabei ist, was du brauchst!"

„Wow!" Julia staunte nicht schlecht. Das könnte ihr allerdings das Wochenende retten!

~

„Ich müsste mal wieder zu meiner Frau", sagte Frank zu dem Audifahrer neben sich, dessen Namen er immer noch nicht wusste. Ihm grauste davor, wieder in den Transporter zu steigen. Aber er konnte doch Susanne nicht unter der Geburt mit Nele allein lassen! Unsicher musterte er seinen Nebenmann, der jetzt gar nicht mehr so formell aussah. Vor allem nicht, seit er auf seinem Jackett saß, und seit seine Krawatte im Transporter an der Decke hing und Susanne vermutlich zum Festhalten in der Gebärstellung diente. Wenn wenigstens endlich ein Krankenwagen käme!

„Du bleibst besser hier", gab der Audifahrer zurück und legte ihm eine Hand auf die Schulter. „Deine Frau ist doch gut versorgt und hier kannst du dich um deine Kids kümmern." Wie zur Bestätigung hob Vinni sein Ärmchen und legte es Frank um den Hals.

„Kannst du vielleicht die Kleine wieder übernehmen?", fragte der Krawattenspender jetzt Julia, die mit einem Schuber CDs unter dem Arm wieder zu ihnen an die Leitplanke kam.

„Klar, gerne", gab sie zurück und tauschte die Plätze. Klein Lilli wechselte widerstandslos den Schoß und starrte weiter gebannt auf die Fotos im Buch. Die anderen schienen so gelassen zu sein, dass Franks Unruhe ihm plötzlich völlig übertrieben schien. Bestimmt würde alles gut gehen!

„Danke fürs Wickeln übrigens!" Frank lächelte Julia an. „Ist schon echt eine verrückte Situation hier!" Sein Blick schweifte liebevoll über seine beiden Sprösslinge, zu denen bald ein dritter dazukommen würde. Dann blieb er an dem hängen, was Julia neben sich gelegt hatte.

„Was hast du denn da für CDs abgestaubt?"

„Geschichte, muss ich fürs Abi lernen!", erwiderte Julia mit gequält verzogenem Mund.

„Ach nee. Geschichte?" Frank richtete sich interessiert auf. „Stell dir vor, ich bin Lehrer für Sozialkunde und Geschichte! Zeig doch mal!"

~

Helmut stand gemeinsam mit Tom und Markus am Passat herum und schaute zu, wie die beiden sich durch den Schallplattenstapel im Kofferraum wühlten. 16 Uhr 27 war es inzwischen. Nur noch gut zwei Stunden bis zum Anpfiff.

„In zwei Stunden geht das Spiel los", seufzte Helmut. Einen Parkplatz halbwegs in Stadionnähe zu bekommen konnte er sich wohl abschminken.

„Du gehst ins Stadion heute Abend?" Ein skeptischer Blick von Markus. „In Mainz?"

„Ja klar, ich verpass doch kein Spiel von der Eintracht! Bist du auch dabei?"

Sein Gegenüber schüttelte den Kopf. Warum nur schaute der so böse?

„Klar, der HSV spielt ja auch erst morgen", fiel Helmut ein. Vielleicht war Markus ja sauer, dass die Hamburger wieder mal am Ende der Tabelle herum dümpelten.

„Der HSV interessiert mich nicht die Bohne!", gab Markus mit finsterer Miene zurück. „Wird Zeit, dass die endlich mal absteigen!"

Helmut staunte.

„Bist du nicht aus Hamburg oder was?"

Wieder schüttelte Markus den Kopf, offensichtlich irritiert, doch dann schien er zu verstehen.

„Nee, Quatsch. Das Auto hier ist nur ein Dienstwagen. Ich bin aus Mainz!"

„Oh." Helmut schluckte und presste die Lippen zusammen. Dummes Fettnäpfchen. Ein Null-Fünfer! So eine Scheiße!

„Heute Eintracht gegen Mainz 05 oder was?", fragte Tom dazwischen und Helmut und Markus nickten. „Und ihr beide…!" Tom schaute belustigt zwischen ihnen hin und her und brach dann in lautes Gelächter aus. „Ach herrje, da muss ich wohl aufpassen, dass ihr hier nicht auch noch aneinander geratet?"

Helmut starrte auf Markus' zusammengezogene Augenbrauen und zuckte betreten mit den Schultern. Da hob sich ganz zögernd ein Mundwinkel seines Gegenübers, und Helmut spürte auch in seinem eigenen Gesicht ein winziges Lächeln entstehen. Er wollte dem Null-Fünfer vor sich schon die Hand hinstrecken und „Scheiß drauf" sagen, da wurde er durch Tom abgelenkt, der etwas Besonderes entdeckt zu haben schien.

~

„Hey Leute, ich glaube, da rührt sich was!" Tom streckte den Kopf über die beiden Fußballfans vor sich: Er meinte, eine Bewegung am Transporter wahrgenommen zu haben. Mit wenigen Schritten  war er am Audi und dem Lieferwagen vorbei und hinten an der Tür. Sie öffnete sich einen winzigen Spalt und der verstrubbelte Kopf der Rastalocken-Frau schaute heraus. Inzwischen ohne das bunte Tuch, das ihre Haare gebändigt hatte. Mit ihren geröteten Wangen und den leuchtend grünen Augen sah sie einfach bezaubernd aus.

„Wir haben gute Nachrichten!", sagte sie mit einer betörend rauchigen Stimme. „Kannst du mal den glücklichen Vater holen?" Aus dem Wageninneren erklang ein zartes Babystimmchen. Tom musste alle Kraft aufwenden, sich vom Anblick dieser Frau loszureißen. Doch dann besann er sich, tat einen Schritt zurück und steuerte die kleine Leserunde an, die immer noch ganz versunken an der Leitplanke hockte. Frank und Julia waren ins Gespräch vertieft und hatten ganz offensichtlich noch nichts von dem freudigen Ereignis mitbekommen.

„Frank?" Tom legte dem irritiert aufschauenden Familienvater die Hand auf die Schulter. „Herzlichen Glückwunsch!"

~

Mit angehaltenem Atem schloss Nele die Tür wieder und strich sich mit beiden Händen die Locken aus der verschwitzten Stirn. Was war das denn für eine Erscheinung gewesen? Da hatte sie erwartet, den leichenblassen frisch gebackenen Vater vor sich zu haben, und stattdessen hatte sie in die blitzeblauesten Augen, die verwuscheltesten Haare und das sympathischste Gesicht geschaut, das ihr in den letzten mindestens zehn Jahren über den Weg gelaufen war! Was für ein knuffiger Typ! War der schon vorhin da gewesen? Sie konnte sich nicht daran erinnern, ihn wahrgenommen zu haben. Aber es hatte ja auch alles furchtbar schnell gehen müssen.

„Was für ein wunderhübsches Kind!", lobte Gundula und schaute ganz verliebt zu Susanne und ihrem Baby hinunter. Das Kleine war in eins der frischen Unterhemden ihres Mannes gewickelt, und der gestreifte Männer-Schlafanzug lag schon bereit, damit Susanne hineinschlüpfen konnte, sobald sie bereit war, ihr Baby für einen kurzen Moment loszulassen. Momentan sah es allerdings eher nicht danach aus. Nele blickte dankbar zu Gundula. Sie war ihr wirklich eine große Hilfe gewesen mit ihrer ruhigen und besonnenen Art.

Jetzt klopfte es ganz zaghaft an die Lieferwagentür, und kurz darauf erschien tatsächlich Franks Kopf im Türspalt. Er sah allerdings gar nicht mehr leichenblass aus, sondern quicklebendig, voller Vorfreude und Ehrfurcht.

„Darf ich reinkommen?", flüsterte er und Nele sah, wie Susanne ihm glücklich zunickte. Draußen hatte sich eine ganze Menschenansammlung gebildet: Da stand zuerst Julia mit der kleinen Lilli auf der Hüfte, dann der Typ, der vorher so verbissen geschaut hatte. Jetzt ohne Jackett und Krawatte, dafür mit Vincent-Thorben auf dem Arm. Neben ihm wartete aufgeregt hin- und herwippend der seltsam aufgezwirbelte Schnauzbartträger, und ganz im Hintergrund, lässig an den Familienvan gelehnt, stand der süße Strubbelkerl mit den himmelblauen Augen und lächelte Nele breit und strahlend an.

~

Nachdem Lilli unbedingt in den Wagen gewollt hatte, reichte Markus auch den kleinen Vincent hinein zu seinen Eltern und seinem neugeborenen Geschwisterchen. Ach ja, was war es denn überhaupt? Ein Bruder? Eine Schwester?

„Was ist es denn – Junge oder Mädchen?", ließ sich der schnauzbärtige Eintracht-Fan da neben ihm vernehmen. Der konnte seine Neugier offensichtlich noch weniger im Zaum halten, stellte Markus zufrieden fest.

„Ein Junge!", rief Frank von drinnen und erschien mit vor Freude knallroten Ohren an der Tür des Transporters. In den Armen hielt er ein klitzekleines Bündel, das in einen weißen Fetzen Stoff gewickelt war. Von hinten kam die Hippiefrau mit einem bunten Tuch und legte es dem Kleinen schützend um Kopf und Körper.

„Hier! MEIN Sohn!", präsentierte Frank stolz seinen Nachwuchs, umrahmt von Lilli und Vincent, die mit weit aufgerissenen Augen ihr Brüderchen bestaunten. Ob das neue Baby auch so einen schwerfälligen Doppelnamen bekommen würde? Zum Beispiel „Wiesbaden-Biebrich" würde sich doch anbieten! Markus musste grinsen.

„Willst du mal halten?" Völlig unerwartet kam dieses Angebot von Frank, und Markus starrte verdattert in dessen leuchtende Augen. Bevor er es sich versah, hielt er plötzlich ein winziges warmes Bündel in den Händen und drückte es so vorsichtig wie möglich an seine Brust. Das Kleine schmatzte und blinzelte Markus an, als käme es geradewegs aus einer anderen Welt. Auch wenn es mit einem Meerschweinchen tatsächlich keinerlei Ähnlichkeit hatte.

„Der hat ja sogar schon Haare!", staunte Markus, und Frank rieb sich lachend über den kahlen Kopf.

„Schau'n wir mal, wie lange noch!"

Links neben Markus tauchte jetzt der gezwirbelte Schnauzbart auf, zum Glück inzwischen ohne diese alberne Eintracht-Kappe. Er wischte sich die Hände mit einem Desinfektionstuch ab und hielt dem Kleinen dann ganz zaghaft seinen dicken Wurstfinger hin. Das Baby fackelte nicht lange: Die Miniaturfingerchen schlossen sich so fest um den dicken Daumen, dass seine winzigen Fingernägel weiß anliefen. Ein ganz seltsames Gefühl überkam Markus, und als er dem Schnäuzer ins Gesicht schaute, stand ein so liebevolles Lächeln darin, dass Markus ihm sogar verzeihen konnte, dass er fuhr wie ein Henker und dazu noch zu einer solchen Loser-Mannschaft wie der Eintracht hielt.

~

Gundula schaute sich im Wagen um: Ein Groß-
teil der frischen Wäsche für ihren Mann war für die
Geburtshilfe oder Versorgung des Neugeborenen
und der Mutter benötigt worden. Sie würde ihm
morgen den erwarteten Nachschub bringen müssen. Dann griff sie
nach ihrem leeren Kaffee-Thermobecher und schmunzelte. Auch
wenn ihr Kopf immer noch hämmerte, hatte der schwarze Kaffee
doch eine wichtige Aufgabe erfüllt: Wer hätte gedacht, dass diese
Nele ein solches Spezialwissen zur Geburtshilfe mitbrachte? Zusam-
mengeknüllte Papiertücher, die sie in Massen verbraucht hatten,
lagen auf dem freien Stück Boden und dem gepolsterten Zeitschrif-
ten-Lager verstreut; die könnten sie in einem der blauen Müllsäcke
sammeln. Und da war ja noch das Töpfchen mit der Creme, das würde sie gleich dem netten Lieferwagenfahrer zurück geben. Gundula
freute sich, als sie ihn so ergriffen auf das Baby schauen sah.

Der Kleine befand sich nun im Arm von Julia, dem freundlichen
jungen Mädchen, und nach einer kurzen Zeit reichte sie es weiter zu
dem hochgewachsenen Typen mit den halblangen ungekämmten
Haaren. Tatsächlich hatten sie ja irgendwie alle mitgeholfen, das Kind
zur Welt zu bringen, da war es nur angemessen, dass jeder es auch
mal halten durfte.

„Hat jemand zufällig Sekt dabei?", fiel es Gundula ein, doch alle
schüttelten bedauernd den Kopf. Nur Frank schien eine Idee zu haben:

„Dann laden wir euch alle zu uns nach Hause ein, sobald wir uns
mit der neuen Situation arrangiert haben. Los, ich brauche mal alle
Handynummern!"

Angesichts der vielen gezückten Handys fiel Gundula wieder ein, dass sie ja jemanden wegen des Anrufs in der Klinik um Hilfe bitten wollte. So kam sie endlich mit dem Mann namens Markus ins Gespräch.

~

Helmut sah zu, wie Tom das Baby wieder an die Hippiefrau überreichte, die im Lieferwagen saß, und beteiligte sich dann am allgemeinen Telefonnummern-Austausch. Von der netten Dame mit der verkleckerten Bluse ließ er sich genauer erklären, was für Schreinerei-Arbeiten sie benötigte, und bekam ihre Adresse in Bad Homburg, damit er sich nächste Woche vor Ort ein Bild machen konnte. Wie er sich darauf freute, mal wieder etwas Konstruktives zu tun!

„Wer hat denn eigentlich einen Krankenwagen gerufen?", fragte Frank plötzlich mitten in das muntere Geplauder und Baby-Bestaunen hinein. „Der müsste doch längst da sein, oder?" Alle stutzten und schauten erst ihn, dann ihren jeweiligen Nachbarn fragend an.

„Der Tom hat doch vorhin telefoniert!", erinnerte sich Helmut, doch Tom schien ihn nicht zu hören.

Der Null-Fünfer-Fan aus dem Audi schüttelte den Kopf.

„Nee, ich glaub, der hat nur den Abschleppdienst gerufen!"

Frank riss die Augen auf.

„Hat etwa niemand...? Oder hätte ich...?"

„Ein Krankenwagen wäre doch hier gar nicht durchgekommen!" Der Audifahrer klopfte ihm besänftigend auf die Schulter.

„Genau", bestätigte Helmut und nickte heftig, während in Franks zerknirschtes Gesicht langsam die Farbe wiederkehrte.

„Wozu auch", meldete sich die junge Mutter und lächelte ihren Mann an. „Ist doch alles prima!"

Da hörten sie auf einmal ein Martinshorn näherkommen.

~

Was für ein Wunder! Julia konnte sich gar nicht sattsehen an dem kleinen Menschlein, das von einem Arm zum anderen wanderte und die ganzen Männergesichter, die vorher so hart und unnahbar ausgesehen hatten, mit einem weichen Schimmer überzog. Jetzt allerdings reckten sich alle Köpfe nach vorne, wo vor Toms altem Passat ein gelber ADAC-Wagen und ein Polizeiauto mit blinkendem Blaulicht hielten. Zwei Uniformierte, ein Mann und eine Frau, stiegen aus und kamen auf sie zu, und Julia fühlte eine altbekannte Angst in sich aufsteigen. Sie stand ganz vorne in der Gruppe und versuchte dem Impuls zu widerstehen, sich hinter den anderen zu verstecken. Hatten sie sich irgendwie strafbar gemacht?

„Dürfen wir mal erfahren, was hier los ist?", fragte jetzt der Beamte und schaute Julia mit strenger Miene ins Gesicht.

„Wir... es ist...", stotterte sie und sah, wie in den Augen des Beamten die Ungeduld flackerte. Da überkam sie auf einmal eine ungeheure Wut über so viel Ignoranz, und sie straffte die Schultern.

„Wir haben hier ein Kind zur Welt gebracht!", erklärte sie mit leicht zitternder Stimme. „Da musste der Autoverkehr eben mal warten!" Diese Worte klangen schon wesentlich fester, stellte sie befriedigt fest.

„Wie bitte??"

Es war eine Wohltat zu sehen, wie die Gesichtszüge des eben noch so forschen Beamten entgleisten und seine Kinnlade herunterklappte, während die Augen der Beamtin groß und rund wurden.

„Kommen Sie!", forderte Julia die beiden auf und führte sie zur geöffneten Tür des Lieferwagens.

~

Markus betrachtete das junge Mädchen mit unverhohlener Anerkennung. Sie war zwar vorhin Auto gefahren wie ein aufgescheuchtes Huhn, aber wie sie sich erst beherzt um die Kinder gekümmert hatte und wie sie jetzt mit den Beamten umging, verlangte ihm ordentlich Respekt ab.

„Es hat leider eine kleine Autopanne gegeben", erklärte er den Polizisten und warf einen Seitenblick auf Tom. Der stand an der geöffneten Wagentür und schien ganz darauf konzentriert, der Geburtshelferin in die Augen zu schauen. „Und dann kam eben diese Geburt dazwischen." Markus wies auf den Transporter und dann auf die Umherstehenden und spürte, wie ihn ein Gefühl des Stolzes überkam. „Und alle haben mitgeholfen!"

Julia lächelte ihn an, und auch über das Gesicht des Beamten huschte jetzt eine freundliche Regung. Er sah seine Kollegin an, die aufmunternd nickte, und sagte:

„Na, dann wollen wir doch zuallererst mal den jungen Eltern gratulieren! Und dann auch noch Ihnen allen für die erfolgreiche Geburtshilfe!"

~

Tom bekam kaum mit, was um ihn herum passierte. Er nahm nur wahr, dass sich rund um den Transporter unglaublich viele Leute tummelten. Aus den Augenwinkeln sah er sogar eine Uniform, und irgendwo von ferne hörte er das Wort „Abschleppwagen". Aber das Einzige, was ihn momentan interessierte, war die faszinierende Rastalockenfrau. Nachdem er ihr das Baby übergeben und sie es an die junge Mutter weiter gereicht hatte, wandte sie Tom wieder ihr strahlendes Gesicht zu. Er wäre am liebsten in ihren smaragdgrünen Augen versunken.

„Hey, eure Nummern hab ich noch gar nicht!" Ein fröhlich überdrehter Frank knuffte Tom in die Seite und riss ihn aus seiner Verzauberung.

„Nele? Tom?" Frank hielt sein Smartphone gezückt, tippte etwas hinein, und sah die beiden auffordernd an.

Nele hieß sie also, die Traumfrau. Tom hing an ihren fein geschwungenen Lippen, während sie Frank ein paar Zahlen diktierte, und nannte Frank dann seine eigene Handynummer. Endlich wendete der sich zufrieden ab, und Tom hatte Nele wieder für sich allein. Wenigstens noch ein paar Augenblicke - jetzt musste er schnell sein.

„Ähm..." Die Worte verklemmten sich in Toms Kehle und er musste sich räuspern. Mist! So schüchtern war er doch sonst nicht! Betreten schaute er nach unten. Dann schüttelte er den Kopf, straffte die Schultern und tauchte geradewegs in das tiefe Grün hinein.

„Darf ich dir auch meine Nummer geben?"

Die grünen Augen blitzen auf und Tom hielt für einen Moment die Luft an – bis ihn eine Welle der Erleichterung und Freude durchflutete, als Nele ihn anlächelte und nickte.

A66 / A643

... rund um das Schiersteiner Kreuz

Frank saß am Steuer und spürte ein seliges Lächeln auf seinem Gesicht: Er kannte sich gar nicht mehr aus inmitten der vielen glücklichen Gedanken und Gefühle, die ihn überwältigten. Da war der unglaubliche Stolz auf Susanne, die tatsächlich  mitten auf der Autobahn ihr drittes Kind zur Welt gebracht hatte, die Ergriffenheit von dem wunderschönen Gesichtchen seines kleinen neugeborenen Sohnes, und nicht zuletzt die Freude über seine beiden Großen. Die saßen wieder angeschnallt in ihren Kindersitzen und plapperten aufgeregt, so dass ihre hellen Stimmen mit der Beschallung durch die Hörspiel-CD wetteiferten. Selbst dieser Nervtöter Leo Lausemaus war für Frank auf einmal erträglich geworden.

Das Schönste aber befand sich in dem Wagen vor ihnen: Auf dem Rücksitz des Polizeiwagens, der mit eingeschaltetem Blaulicht vor ihnen herfuhr, saßen Franks Frau und sein Drittgeborener auf dem Weg ins Krankenhaus. Dort würden sie einen kurzen Stopp einlegen, um zu klären, dass mit Susanne und dem Kind alles in Ordnung war, und dann gemeinsam den Nachhauseweg antreten.

Frank lachte in sich hinein: Die würden nicht schlecht staunen in der Klinik! Susanne trug den gestreiften Schlafanzug und den viel zu großen Bademantel von Gundulas Ehemann, und der Kleine war in ein Männerunterhemd und ein buntes Hippietuch gewickelt. Wenn die Kinderkrankenschwester ihn auspackte, würde sie seinen kleinen Körper fast schon suchen müssen in der Riesenwindel aus Lillis Wickeltasche.

Und dann käme bestimmt die Frage nach dem Namen ihres Jüngsten, überlegte Frank. Dabei hatte er noch gar keine Zeit gehabt, sich mit Susanne zu einigen! Sein Favorit war ja „Pascal-Emilian", aber Susanne hatte bisher „Joshua-Leander" besser gefunden. Oder sollten sie den Kleinen doch lieber … Ach nein, Frank würde die Entscheidung einfach seiner tapferen Frau überlassen!

Er warf einen Blick in den Rückspiegel, wo ihn jetzt kein froschgrüner Corsa und auch kein hellgelber Citroën anblitzte: Nele und Julia waren am Schiersteiner Kreuz in die anderen Richtungen abgebogen. Nur Gundulas Wagen erkannte Frank noch in der Ferne, ansonsten tummelten sich die üblichen schwarz-grauen Autos auf der Einfahrtstraße nach Wiesbaden. Auch Helmut und Markus vor ihm hatten schon andere Richtungen eingeschlagen, und Toms Schrottkarre hatte hoffentlich sicher die nächste Werkstatt erreicht. Frank freute sich schon riesig darauf, diese ganze bunt gemixte Truppe nächstes Wochenende wiederzusehen: Für nächsten Samstag hatte er sie alle zu sich nach Hause eingeladen, damit sie in einer hoffentlich entspannteren Situation als heute die Ankunft seines Nachwuchses begießen konnten.

Julia würde sie sogar schon morgen besuchen kommen! Sie verbrachte das Wochenende bei ihrem Vater in Rüdesheim, direkt gegenüber von Frank und Susanne - da konnte sie einfach mit der Fähre über den Rhein übersetzen. Ganz offensichtlich hatte das

Mädchen Lilli und Vinni in ihr Herz geschlossen und wollte sich ein bisschen um die beiden kümmern, damit Susanne und Frank Zeit für sich und das neue Baby hatten. Was für ein Glücksfall!

~

Das Ende der A66 war erreicht und Julia fuhr auf der Bundesstraße Richtung Rüdesheim weiter. Die Straße war zweispurig, und Julia ließ die schnelleren Fahrer lächelnd an sich vorüber ziehen.

„Lass dir Zeit, Hauptsache du kommst sicher an!", hatte ihr Vater am Telefon gesagt, und Julia hielt sich gerne daran. Diesmal hatte sie vor dem Losfahren auch daran gedacht, ihr magnetisches „Fahranfänger"-Schild aus dem Kofferraum am Heck zu befestigen. Und es half in der Tat: Ein weißer schnittiger Audi beispielsweise, dessen Fahrer mit verbissener Miene an ihr vorbei preschte, war immerhin nicht ganz so dicht aufgefahren, wie sie das heute schon mehrfach erlebt hatte. Und ein paar der Leute, die sie überholten, schauten sogar ganz freundlich zu ihr herüber.

Julias Herz hüpfte: Gleich würde sie ihrem Papa beim Pizzamachen von ihren Erlebnissen erzählen können. Und morgen schon würde sie Frank, Susanne und vor allem die süßen Kinder wiedersehen, wenn sie einen Ausflug auf die andere Rheinseite machte. Ihr Vater hätte sicher Verständnis dafür, dass sie in dieser Ausnahmesituation nicht den ganzen Tag bei ihm verbrachte. Außerdem musste sie ja ihren Schlafsack holen und Lilli den graugrünen alten Teddy zurück bringen, den das Mädchen in Julias Wagen vergessen hatte. Frank könnte ihr auch sicher noch weitere Tipps zum Geschichte-Lernen geben: Das war das erste Mal, dass sie einen Geschichtslehrer traf, der das trockene Zeug wirklich lebendig erzählen konnte!

Julia warf einen Blick auf den Beifahrersitz, wo Toms CD-Schuber lag. Auf der Heimfahrt am Sonntag würde sie sich das Kapitel über das deutsche Kaiserreich anhören, und dann war sie trotz all dieser Zwischenfälle ganz sicher bestens vorbereitet für die Klausur am Montag!

Jetzt erst merkte sie, dass sie sich gar nicht mehr so verkrampft am Steuer festhielt, sondern ganz in Gedanken eine Hand vom Lenkrad gelöst hatte und mit ihrer langen blauen Haarsträhne spielte. Ganz lässig und cool. So wie sie heute – mal abgesehen vom Motor-Abwürgen - überhaupt richtig cool gewesen war. Fast so cool wie Nele, die tolle Rastalocken-Frau. Julia richtete sich stolz auf. Vielleicht würde sie nächste Woche zum Friseur gehen und sich doch endlich dieses verrückte Regenbogen-Muster in die Haare färben lassen, von dem sie schon so lange träumte!

~

Gundula sah das Polizeiauto und Franks silbergrauen Van auf den Parkplatz der Klinik einbiegen und fuhr hinterher. Wie schön, dass sie die junge Familie hier noch einmal verabschieden konnte, bevor sie sich auf den Weg zu ihrem Mann auf der Kardiologie-Station machte! Jetzt endlich spürte sie auch eine Welle der Entspannung von ihrem Schädel in den Schulter-Nackenbereich fließen. Da schien tatsächlich die Kopfschmerztablette ihre Wirkung zu entfalten, die sie von dem freundlichen Pharmavertreter bekommen hatte. Und er hatte recht behalten: bislang hatte ihr Magen nichts gegen das Medikament einzuwenden. AntiDolorix – diesen Namen würde sie sich merken.

Dass sie ihrem Mann heute keinen frischen Schlafanzug mitbringen konnte, würde er hoffentlich verschmerzen. Notfalls könnte sie auch noch einen Abstecher in die Innenstadt machen und ihm einen kaufen. Immerhin hatte sie noch Socken und Unterhosen für ihn im Gepäck, und auch von der gewünschten Salami war noch ein Großteil übrig geblieben. Dazu hatte sie die tolle Nachricht für ihn, dass dieser nette Transporterfahrer aus Frankfurt sich nächste Woche um die Baustelle in ihrem Flur kümmern wollte. Vielleicht würde er ja sogar den Wandschrank fertig bauen! Jedenfalls war er vom Fach, und er schien ganz glücklich zu sein, dass seine Kompetenz mal wieder gefragt war. So könnte sich Gundulas Mann in Ruhe erholen, und das Schwiegersohn-Problem hätten sie auf diese Weise auch gelöst.

Vorsichtig parkte Gundula den riesigen BMW in einer gottseidank ziemlich breiten Parklücke. Dann stieg sie aus, um Frank und Susanne mit den Kindern in die Geburtshilfe-Abteilung zu begleiten und ihnen alles Gute zu wünschen.

~

Ein fast feierliches Gefühl überkam Helmut, als er endlich die Station in Wiesbaden-Schierstein erreichte, wo er die Zeitschriften abliefern sollte. Ob er den Austrägern erzählen sollte, welche wichtige Aufgabe diese dämlichen Werbeprospekte heute übernommen hatten? Er grinste in sich hinein und schüttelte den Kopf – das würde ihm sowieso niemand glauben!

Tatsächlich hatte die Geburt in seinem Wagen keinerlei Spuren hinterlassen. Wer hätte das gedacht! Da hatten die Männer und Frauen wirklich ganze Arbeit geleistet. Bis auf die Tatsache, dass die

Zeitschriften nicht mehr übereinander, sondern nebeneinander gestapelt waren, und sich ein vollgestopfter blauer Müllsack in einer Wagenecke befand, erinnerte nichts an das, was hier passiert war. Ach ja, diese grauenhafte Meditations-CD befand sich noch in seinem CD-Player. Die könnte er der Hippiefrau nächsten Samstag wiedergeben, wenn sie sich alle zum Feiern bei den jungen Eltern in Bingen trafen.

Helmut stieg aus und öffnete die Tür des Laderaums, als auch schon die beiden Schüler mit missmutigen Gesichtern angetrabt kamen.

„Sorry, ist ein bisschen später geworden", entschuldigte er sich und zwirbelte die Enden seines Schnurrbarts, denen seine kostbare ungarische Bartwichse jetzt wieder die perfekte Form verlieh. „Ihr könnt euch nicht vorstellen, was heute auf der Autobahn los war." Das konnten sie ganz sicher wirklich nicht! Zu dem ärgerlichen Gesichtsausdruck der beiden kam jetzt noch eine andere Note, etwas Erstaunt-Fragendes, und Helmut folgte ihrem Blick: Von dem Deckenhaken im Transporter baumelte ganz vergessen die edel gestreifte Krawatte von Markus. Helmut kicherte in sich hinein und begann mit dem Ausladen. Wenn er später mit seinem Eintracht-Trikot im Stadion im Gästeblock saß, würde er nicht ganz so feindselig wie sonst hinüber zu den Mainzer Fans schauen. Immerhin gab es mindestens einen Mainz-05-Fan, der ganz in Ordnung war.

~

Mit einem Pfeifen auf den Lippen verließ Tom die Werkstatt und trat seinen Heimweg zu Fuß an. Weit hatte er es nicht bis zu seiner Wohnung in der Innenstadt, und ein bisschen Bewegung würde ihm ganz gut tun, um seine durcheinander purzelnden Gedanken zu sortieren. Den Besuch im Trödelladen konnte er heute sowieso nicht mehr machen.

Neben den Erinnerungen an das niedliche kleine Baby ging ihm die wildgelockte wunderschöne Nele nicht aus dem Sinn: Ob sie ihn wohl anrufen würde? Seine Nummer hatte sie ja nun. Er hatte ihr noch die Thermoskanne mit dem Kräutertee in ihren Wagen gebracht und nach der Katze geschaut, um ihr die Gelegenheit zu geben, ihm auch ihre Telefonnummer mitzuteilen. Sie direkt danach zu fragen, war ihm irgendwie zu aufdringlich vorgekommen. Na, vielleicht hatte er ja Glück! Sein Gefühl sagte ihm, dass die Funken nicht nur einseitig übergesprungen waren. Und falls sie ihn doch nicht anrief, würde er sie doch hoffentlich nächsten Samstag bei Frank und Susanne zuhause treffen. Das wäre dann immerhin noch eine Chance.

Tom zog die Zigarettenschachtel aus seiner Hosentasche und steckte sich eine an. Die meisten seiner Schätze mussten jetzt erst mal in dem kaputten Wagen in der Werkstatt bleiben. Vielleicht konnte er morgen jemanden organisieren, der ihm das Zeug nach Hause schaffen half. Ein paar der Platten hatte er sich unter den Arm geklemmt, aber ob ihm heute noch der Sinn nach ebay-Auktionen stand, wagte er zu bezweifeln. Er blies den Rauch aus, warf die angerauchte Zigarette auf den Boden und trat sie aus – vielleicht sollte er mal ein bisschen weniger rauchen. Die süße Nele mit ihrem Kräutertee stand bestimmt nicht auf Nikotingeruch.

~

Nele nahm die Hände kurz vom Lenkrad und befestigte ihre widerspenstigen Locken mit einem Haargummi. Das Tuch, mit dem sie sonst ihr Haar bändigte, trug jetzt der kleine neue Erdenbürger, dem sie helfen durfte, das Licht der Welt zu erblicken. Sie war immer noch ganz erfüllt von Stolz und Freude über das, was sie heute erlebt hatte. Ganz abgesehen davon, welchen Menschen sie begegnet war! Allein wenn sie an diese unglaublich blauen Augen dachte...!

„Atmen!", befahl sich Nele selber, um ihr hüpfendes Herz wieder in einen ruhigen Takt zu bringen, und blies mit gespitzten Lippen mehrmals langsam die Luft aus. Von dem dichten Autoverkehr um sie herum schweifte ihr Blick über den Rhein. Ruhig und glänzend floss er unter ihr dahin und spiegelte ein paar der zaghaften Sonnenstrahlen wieder, die sich oben durch den Wolkenhimmel wagten. Sokrates auf dem Beifahrersitz hatte das Miauen mittlerweile aufgegeben und kauerte resigniert in seiner Transportbox.

„Nicht mehr lange, dann kommst du armer Kerl endlich aus deinem Gefängnis!", tröstete sie den Kater und legte ihre Hand auf die Box. Gleich würde sie ihn zuhause absetzen und ihre Yogatasche schnappen. Mit ein bisschen Glück käme sie sogar noch rechtzeitig, um ihren Kurs abzuhalten. Und danach – ja, danach würde sie vielleicht wirklich eine ganz bestimmte Telefonnummer wählen. Wieder hüpfte ihr Herz. Sie konnte doch einfach mal nachhören, ob dieser unverschämt süße Kerl namens Tom mit dem kaputten Wagen heil nach Hause gekommen war.

~

Markus juckte es in den Fingern, zum Handy zu greifen und Hannah anzurufen, doch er verkniff es sich diesmal. In zehn Minuten wäre er eh zuhause, und dann könnte er Hannah alle Neuigkeiten direkt erzählen. Wie er sich auf sie freute!

Er war jetzt zwar runter von der A66, doch auf der Schiersteiner Brücke Richtung Mainz wälzte sich der Freitagsnachmittagsverkehr mindestens genauso schwerfällig voran, wie es vorhin noch auf der Strecke von Frankfurt der Fall gewesen war. Also vielleicht doch keine zehn Minuten, sondern zwanzig. Was soll's, dachte Markus, ließ den Abstand zu seinem Vordermann einfach mal größer werden und lehnte sich entspannt zurück. Welch ein ungewohntes Gefühl!

Von seinem Beifahrersitz lachte ihn das Cover der Red Hot Chili Peppers an: Das Live-Album von ihrem Auftritt 2004 in London. Diese super seltene Platte hatte Tom ihm einfach in die Hand gedrückt. „Als Entschädigung dafür, dass meine Schrottkarre dir ihr Hinterteil ins Gesicht gerammt hat!", wie er mit einem Augenzwinkern meinte. Er mochte ja ein ganz schöner Freak sein, aber sein Musikgeschmack war vom Feinsten! Das Ding war sicher ein kleines Vermögen wert, so gut kannte sich auch Markus aus. Deswegen hatte er das Geschenk zuerst nicht annehmen wollen – schließlich war sein Schaden wirklich nur ein Kratzer am Stoßfänger. Aber Tom hatte darauf bestanden und dann grinsend vorgeschlagen: „Du kannst mich ja mal einladen, dann hören wir sie zusammen!"

Markus lächelte und schaute auf das freundlich glitzernde Wasser des Rheins, den er gerade überquerte. „Otherside", sangen die Peppers jetzt ruhig und melodisch von seiner CD. Ohne die lästige Krawatte und das Jackett, das mit Straßendreck beschmiert neben ihm lag, fühlte Markus sich richtiggehend befreit. Da bemerkte er links neben sich auf der Überholspur etwas Quietschgrünes: Ein kleiner Corsa mit einer wildgelockten Frau am Steuer, die ihm jetzt fröhlich zuwinkte. Markus hob die Hand zum Gruß und lachte zurück. Eine Ökotusse war sie, okay, aber sie hatte echt ganze Arbeit geleistet heute! „Keep calm and just smile" sagte der Aufkleber an ihrem Heck, als sie an ihm vorbei fuhr, und diesmal löste der Spruch keine Aggressionen bei ihm aus. Stattdessen erinnerte er ihn daran, welche angenehme Ruhe Nele und auch Gundula ausgestrahlt hatten, als sie ihnen das kleine Baby präsentierten. Markus konnte nicht anders, als etwas wie Rührung zu empfinden, als er an das kleine Würmchen dachte, das ihn so wissend angeblinzelt hatte. Das kleine haarige Wiesbaden-Biebrich-Meerschweinchen, dachte er schmunzelnd.

Vielleicht würde er mit Hannah doch nochmal über ihren Kinderwunsch sprechen. Aber erst nachdem das Fußballspiel gegen die Eintracht heute Abend gelaufen war. Und wenn die heute unentschieden spielten, dann fände er das ausnahmsweise auch mal ganz okay.

ENDE

Mehr zur Autorin auf
www.facebook.com/katharina.lankers
und
www.katharina-lankers.de

Keep calm and just smile

☺